VLADIMIR NABOKOV

COLLECTED POEMS

纳博科夫诗集

[美] 弗拉基米尔·纳博科夫 著 董伯韬 译

上海译文出版社

目　录

导　言

像乔伊斯一样，纳博科夫首先是位诗人。在自传《说吧，记忆》（一九六七年）里，他告诉我们，“狂暴的写诗的痴迷最初将我攫住是一九一四年的那个夏季。”[①]接下来的十年里，他写了几千首诗。多年后，他曾带着几分温柔几许厌嫌忆起这些诗。在一九七〇年结集的《诗与题》的前言中，他写道：“半个多世纪前，少年的我‘泻’出那些诗……离奇的常态。”[②]这些早期诗歌大多未曾见诸报章，虽然在纳博科夫一家还在俄国时，曾有几首诗收入了他在一九一六年出版的第一部诗集（《诗集》[*Stikhi*]）。一九一八年，又有几首诗编入他与校友安德烈·巴拉绍夫的合集中。十月革命后，一九一九年，纳博科夫一家流亡西欧。不过，纳博科夫并没有中断写诗，一九一九至一九二二年，他先在剑桥读书，随后至柏林与亲人团聚，在那里，俄罗斯流亡文学方兴未艾，纳博科夫投身其中。在当地的俄文出版物上，纳博科夫为自己的诗找到了发表园地，个中尤以他父亲创办的面向寄居柏林的俄国流亡者的杂志《舵》为最；随后，一九二二年十二月，他的三十六首诗集为一册，书题《一簇》，另外一百五十六首诗则于一九二三年一月结集为《天路》。

一九二六年，第一部小说《玛丽》发表后，纳博科夫诗作数量明显减少，他的抒情冲动很大程度上注入了小说。毕竟，纳博科夫与詹姆斯·乔伊斯、马塞尔·普鲁斯特、塞缪尔·贝克特比肩而立，跻身伟大的现代主义者之列，他们彻底革新了小说，令其蕴满诗性。其实，他最后也是最重要的一部俄文小说《天赋》（一九三七至一九三八年以连载形式刊出，一九五二年定稿出版），这部虚构的半自传作品，讲的就是青年诗人费奥多尔成功转型为小说家的故事。不过，一九二六年后，纳博科夫依然在写诗，量不如早期多，但其趣味和个性却足以弥补这一缺憾。这些诗与他的小说有同样的思想、主题，相得益彰；其实，纳博科夫这些新的诗作中很多都与他的短篇小说一起收入了一九二九年出版的诗文全集《乔尔布归来》。

《乔尔布归来》出版后，直至一九五〇年代，纳博科夫方有新诗集梓行，薄薄两册：一为一九五二年刊行的《诗集（一九二九至一九五一）》（*Stikhotvoreniia 1929—1951*），计有十五首俄文诗，包括写于一九三〇年代末至一九四〇年代初的一组重要的长诗；一为一九五九年问世的《诗集》（*Poems*），收录纳博科夫一九四〇年赴美后写作的十四首英文诗，其中绝大部分最初发表于《纽约客》。这十四首诗后来编入一九七〇年付梓的诗集《诗与题》，纳博科夫还为该集选译了三十九首自己的俄文诗。最后，一九七九年——纳博科夫辞世两年后——他的又一部俄文诗集出版，书名简单地题为《诗集》（*Stikhi*）。除却收录一九二五年至一九四五年间创作的重要的俄文诗外，该集还辑入了一些早期诗，有的之前未曾发表过。

---

① 弗拉基米尔·纳博科夫，《说吧，记忆》（伦敦：企鹅出版社，2000），167页。——原注

② 弗拉基米尔·纳博科夫，《诗与题》（纽约：麦克格劳黑尔出版社，1970），13页。——原注

纳博科夫的哲嗣，德米特里，是位杰出的译者，曾与其父合作翻译大量俄文小说。自一九八〇年代以来，德米特里一直在翻译其父诗作，译品见于诸多杂志。本集将这些译作（偶有修订）及此前未曾发表的译文一并收入——包括德米特里·纳博科夫所译《大学诗章》[①]（一九二七年），这首容量堪比短篇小说的长诗将是其父现有俄文作品的一个重要补充，而《音乐》一诗写于一九一四年那个“泻诗的夏天”，其俄文原作从未发表，是纳博科夫现存最早的作品。另有九首纳博科夫未收入《诗与题》的英文诗——其中三首是写于一九二〇至一九二三年的早期诗作，四首写于一九四〇年代以后，还有些分量稍轻而犹有趣味的篇什。

本编有四个方面值得注意。首先，不无遗憾的是，它无力涵括《诗与题》的两个因素——一是未能再现纳博科夫在诗上附加的棋题，一是未能将纳博科夫自己的译文与其俄文原作并置一处。其次，诗作不按写作时间先后排序，而是将其分为三辑：德米特里·纳博科夫的新译；然后是《诗与题》中译自俄文的和用英文写的所有诗；最后是九首未收入《诗与题》的英文诗。选择这一体例的代价是书中诗作不能以单一的完整的时间序列呈现，而这样编排的好处是在纳博科夫原作与其子的译文之间保持清晰的界线，从而保存了《诗与题》的完整性。选自《诗与题》中的篇什悉依原集顺序，尽管现在我们知道这一顺序并不总与诗的写作和发表时间相应。但将纳博科夫亲自监制的诗集重新排序，这样的做法让人觉得并不妥当。本编其他诗在各辑中则是按照其写作时间排序，若写作时间不明，则以发表时间为据。再次，《诗与题》中的英文

① 《导言》第一次提及某首诗时，日期会出现在其后的括号内。就本诗而言，大致说来是写作日期；但写作日期不明了时，将给出发表日期。每首诗更完整的刊布史可参见书后注释。——原注

诗几乎完全采用美式拼写，这一风格在本编中得以保留；为求体例一致，本编其他诗也都统一采用美式拼写。

最后，应予注意的是：本编没有收录一九六二年出版的小说《微暗的火》中的主要人物约翰·谢德那首同题诗。纳博科夫小说中归于不同人物名下的其他很多诗亦未见收于本编，如《天赋》中费奥多尔的诗，或《洛丽塔》（一九五五年）中亨伯特·亨伯特的诗。这些诗无论多好，都意在刻画它们的虚构作者：费奥多尔、谢德、亨伯特。无可否认，纳博科夫自己的诗与他笔下人物的诗之间的界线可能本就模糊，甚至在本编收录的诗作里，纳博科夫也有很多不同的角色，有时，甚至最初就是以笔名发表的，比如《巴黎诗章》（一九四三年）和《塞纳河畔的陌生女子》（一九三四年）——后者发表时化名费奥多尔——就属于这样的情形。然而，无论这种关乎作者身份的微妙性有多么"纳博科夫"，残酷的常识却已指定那些诗不能入选本编，因它们最终未署纳博科夫之名，尤其因为它们已在别处，已在适宜的文本脉络中。

在《诗与题》的前言里，纳博科夫概述了自己的诗歌生涯，有必要全文引录：

> 那可以称作我写诗的欧洲时期，听来颇为堂皇，它似乎呈现出几个鲜明的阶段：起初是炽热平庸的情诗……这一时期充盈着对所谓十月革命的彻底厌恶；然后是私人策展人阶段（已进入一九二〇年代），这一时期旨在存蓄满蕴乡愁的回望与开发拜占庭意象（这被一些读者误解为某种宗教兴趣，但，除却文学上的风格化，宗教于我毫无意义）；接下来这一阶段持续大约十年，在此期间，我致力于阐发这一原则，即令短诗包含情节及讲述故事（这在某种程度上表达了我已

> 不耐烦于贫血的“巴黎派”流亡者那沉闷的嗡嘤）；终于，在一九三〇年代，尤其是随后的几十年里，我突然挣脱了自设的镣铐，结果，写得更少了，却也拥有了迟到的健康风格……
>
> 集中这十四首英文诗无甚可说，它们皆写于美国，都发表在《纽约客》上。无疑，这是缘于它们与思想里古老的困惑以及持久的忧虑缺少内在的言语上的关联，这一关联是以母语写诗时的标志，而流亡总伴着母语的呢喃，从未结束的童年在其锈迹最多的琴弦上弹奏。[①]

此处纳博科夫以明快的笔调勾勒了自己的诗歌历程，收入本集中的诗歌时间跨度长达五十九年，风格和主题迭经变化。如果读者已熟悉纳博科夫那些异常繁复精致的小说，那么贯穿他诗歌的一种特质可能会让他们大吃一惊：醒目的单纯，有时，近于稚拙。年近半百，业已成名的《洛丽塔》的作者不厌其烦地告诉采访者“艺术从不单纯”：“回到我教书的日子，学生若用了‘纯挚’[②]这一糟糕透顶的说法，我会不假思索地给个低分。”然而无论谁浏览一下纳博科夫诗的首行列表都会发现陈列其间的是一派抒情景象，要么热烈地宣告，要么率真地感叹，要么直接地叙述，五十余年，一直如此：“我梦到些质朴温柔的事”（一九二三年）；“我喜欢那山，那裹着 / 杉林的黑呢大衣的山”（一九二五年）；“因为幸福，恋爱的人难以成眠”（一九二八年）；“哦，那声响！从雪那边—— / 吱嘎，吱嘎，吱嘎”（一九三〇年）；“一夜之间记忆怎么了？”（一九三八年）；“你愿把我独自留下吗？我恳求你！”（一九三九年）；“他小时，常常跌倒”（一九四二年）；“那个星期天上午，十点

---

① 《诗与题》，13—15 页。——原注

② 弗拉基米尔·纳博科夫，《独抒己见》（纽约：麦克格劳黑尔出版社，1973）。——原注

三十，/ 两辆轿车开过小溪开进谷地"（一九五七年）；"四十三年，抑或四十四年"（一九六七年）。

这些诗常有相同的背景，平淡，缺少生气，与浪漫主义一脉相承：洒满月光的房间，独坐的男子，望向敞开的窗，那失落的回不去的过往的纷纭记忆质问着他。每首诗后的巧思似乎都不难把握，相应的技巧也没有纳博科夫小说的匠心那么迂回曲折。诗节每每采用传统形式——多是韵式为 abab 的四行诗——至于节奏，虽非一成不变，却每每固执地选用抑扬格[①]。而很多诗都借助"呼告"这一修辞手法布局谋篇，诗中，诗人不仅直接对人与物吐诉衷肠，而且对抽象存在倾叙积愫。纳博科夫的倾吐对象有：缪斯；诗人；众天使；昔日的自己；他的心；他的灵魂；他珍贵的品格；他不可避免的宿命；俄罗斯；自由；回忆；圣女贞德；想象的卡楚林王子；莎士比亚；他逝去的父亲；一个葡萄柚。

纳博科夫在诗中不断诉诸呼告，这为他的诗招致"感伤"的讥评，类似指摘从最早的评论者直至时下不绝如缕。但正如大卫·兰普顿在论述相关议题的文章中所言："呼告总是感伤的，因为它召唤出一个世界，在那里，大自然充满生命力：德律阿德斯[②]滔滔不已，西风口齿伶俐，墨水池反应灵敏，诸如此类，不一而足。它们

---

① 见杰·S. 史密斯，《戏仿札记》，巴里·谢尔，《诗》，二文收入弗拉基米尔·亚力山德罗夫编辑的《嘉兰弗拉基米尔·纳博科夫导读》（纽约：嘉兰出版社，1995），561—566 及 608—625 页。正如谢尔（612 页）所总结的那样：

> 纳博科夫的诗在形式上颇为保守……当时很多诗人在尝试新的音律而不沿袭传统的二拍子（抑扬格和扬抑格）或三拍子（抑抑扬格，抑扬抑格及扬抑抑格），但初握诗笔的纳博科夫却主要遵循他所钟爱的十九世纪前辈诗人的诗歌矩度。他的诗主要使用抑扬格，尤其偏嗜抑扬格四音步……纳博科夫还酷爱更其传统的精严的韵部，在那一时期的诗作中邻韵只偶尔使用。他在诗节的选择上也同样保守，最中意韵式为 AbAb 的四行诗。——原注

② Dryads，希腊神话中的树神。

都是可以与之对话的某一世界的栖居者。”[①]而将这一切只视为空洞的修辞成规或有失准确。纳博科夫不可能真的以为他致意的葡萄柚是活的，但他体验世界的每个细节却都仿佛潜在地回应自己似的，这种颖悟是他卓异想象力的奥秘之一，亦与他将艺术家不仅视作魔术师而且奉为萨满的理念吻合——如他在《声名》（一九四二年）一诗中所言：“我形如自己的偶像，一个巫师，/鸟首，墨绿色手套，穿着缀满/亮蓝色鳞片的紧身衣。”可以说，诗人的才华就是给最简单的话语行为——甚至，一声问候——以起死回生之力，给客体以生命，令思与言独立复又充满活力。纳博科夫脍炙人口的名句：《洛丽塔》开篇（“洛丽塔是我的生命之光，欲望之火”），结尾（“这就是你和我可以共享的唯一不朽的事物，我的洛丽塔”）[②]。

可以对照的是，一九三〇年代末、一九四〇年代初，在从俄文到英文的艰辛转变中，纳博科夫探索基本的词与姿来完成这一告别，而他期望它们完成的任务——舍离，哀悼，驱魅，它们难以胜任，他即在这一不足里勉力而行。在《最温柔的语言》中（一九四三年），在尝试却无法摆脱俄罗斯（“但现在你也必须离去”）之前，纳博科夫将他已说“再见”的诸多事物（公寓、融入天穹的信笺、侍者、创口、爱），与各种不同的作别方式奇妙地并置对勘（“是的，就这样，/你悄声地说，挥一挥手，/然后挥动手帕，挥动帽子”）。在《俄罗斯诗歌的黄昏》（一九四五年）一诗的结尾，引人侧目的是，纳博科夫听任自己无法完全祛魅的语言的幽灵申斥责备，揭示出这一不足，即哪怕最简单的英文短语也会对他的心灵施以必要的魔法：别人祝他“晚安”，在移译中，历经语言的背叛，变

---

① 戴维·兰普顿，《祝祷的艺术：纳博科夫早期诗作中呼告的作用》，见《俄罗斯文学三季刊》，24（1991），341—354页。——原注

② 弗拉基米尔·纳博科夫，《洛丽塔》（伦敦：企鹅出版社，1980），9页，307页。——原注

成“背教者”的“无眠”。

纳博科夫年轻时即矢志于简洁。不仅《俄罗斯歌曲》(一九二三年)而且其他很多早期俄文诗作都表达了他对“温柔简单的事物”的爱。在一首也是写于一九二三年后的尚未移译的诗中，诗人在卡斯提尔一家小店前停步，看到一位巫师——掌管着满是奇器珍玩的宝库，但那位巫师却离店而去，只为寻找“那表达人类之爱的简单的唯一的词”[①]。恪守简洁是纳博科夫心目中“诗之为诗”的精髓。一九二〇年代，纳博科夫坚定地投身保守的现代诗人阵营，拒斥革新派诗人弗拉基米尔·马雅可夫斯基[②]、鲍里斯·帕斯捷尔纳克[③]、埃兹拉·庞德[④]的无韵诗以及光怪陆离的形式和意义濒于崩解的跳跃。因此，在俄文中，他推崇的诗人是尼古拉·古米寥夫[⑤]、伊凡·蒲宁[⑥]、弗拉季斯拉夫·霍达谢维奇[⑦]，这些诗人回到了亚历山大·普希金和费奥多尔·丘特切夫[⑧](纳博科夫后来曾翻译过他们两人的诗)的传统。在英文里，他承认受到乔治诗派[⑨]的影响，

---

① 弗拉基米尔·纳博科夫，《诗集》(阿迪斯：安·阿赫鲍尔出版社，1979)，80—81页。——原注

② Vladimir Vladimirovich Mayakovsky(1893—1930)，俄国革命时期和苏联早期重要诗人。

③ Boris Pasternak(1890 —1960)，俄罗斯诗人，所著长篇小说《日瓦戈医生》为他赢得1958年诺贝尔文学奖。

④ Ezra Pound(1885—1972)，美国诗人、评论家。

⑤ Nikolay Stepanovich Gumilyov(1886—1921)，俄国诗人和理论家。

⑥ Ivan Bunin(1870—1953)，诗人和小说家，第一个获得诺贝尔文学奖(1933年)的俄国人。

⑦ Vladislav Khodasevich(1886—1939)，俄国诗人、小说家、文学评论家、翻译家。

⑧ Fyodor Tyutchev(1803—1873)，俄国作家，以具有高度独创性的哲理诗人和激进的斯拉夫文化优越论者而著名。

⑨ 指英国乔治五世统治时期的诗派。

尤以沃尔特·德拉·梅尔[①]和鲁伯特·布鲁克[②]为巨。在《说吧，记忆》里，他告诉我们，乔治诗派诗人的“诗句”在“我的房间我的周身跑来跑去像温顺的家鼠”[③]，当时这位剑桥大学的本科生正矢志成为一名俄语诗人。

在纳博科夫写于一九二〇年代的评论中，我们已能隐约看出他对诗歌的成熟见解，如：“借由理性的词语体认到的非理性的奥秘”[④]。他用于赞美的关键词是“清澈”或“明晰”“纯净”“和谐”或“章法谨严”“无懈可击”——而，最为常见的或许是，“简洁”。一九二二年十二月十七日发表于《舵》的他的第一篇评论的开篇，纳博科夫炽热地表达了这一贯穿他所有赏析的情愫：“在我们这黑暗的时代，无数流氓‘蹩脚诗人’折磨着俄罗斯的缪斯，此时，翻开一小册简洁、明晰的诗是多么甜蜜。”这段话并不是针对他要讨论的诗人，纳博科夫在他诗中感受到“几分怡人的老派的影子”[⑤]。将近五年后——一九二七年八月三十一日——的一篇评论里，纳博科夫称扬另一位名气不大的诗人，认为其“安静、恬退的诗仿佛不是写于去国离乡之际，而是在桤木丛中，在神奇的不曾改变的郁郁葱葱的俄罗斯吟唱中，那里永无政治盲从者的立足之地”[⑥]。

堪为比照的是，纳博科夫所贬斥的诗在韵式、节律和重音上皆有明显的失误（在每篇评论里，他都一丝不苟地援引、鉴别），意象含混或狂暴。简言之，“轻率”“冗赘”“粗鄙”“艰涩”。在这些评

---

① Walter de la Mare（1873—1956），英国诗人和小说家，具有唤起生活中瞬息消失的朦胧时刻的非凡能力。

② Rupert Brooke（1887—1915），英国诗人。

③ 《说吧，记忆》，205 页。——原注

④ 弗拉基米尔·纳博科夫，《尼古拉·果戈理》（纽约：新方向出版社，1961），55 页。——原注

⑤ 弗拉基米尔·纳博科夫，《俄文时期作品选》，五卷（圣彼得堡：宴飨出版社，1999—2000），卷一，744 页。——原注

⑥ 《俄文时期作品选》，卷二，644 页。——原注

论中，年轻的纳博科夫比十八世纪那些斤斤于诗律的衡文之士更难通融；亦可将这些评论与托·斯·艾略特一九二〇年代以降所写的文论相比较，艾略特在文章中同样急切地捍卫品味的规则，无疑，像纳博科夫一样，艾略特在他自己的作品中也违反了他订立的规则①。然而，适如艾略特，纳博科夫也敏于声讨那种尽管四平八稳却兴味索然的诗，反过来，也承认诗性自由的价值：在一篇评论中，纳博科夫对帕斯捷尔纳克的"艰涩"展开全方位的攻击，但开篇对帕斯捷尔纳克诗才的明确承认令攻击不至太过火；而在弗拉季斯拉夫·霍达谢维奇的诗中，纳博科夫则看出一种"狂野、知性，无所忌惮的自由加以正确的（亦即，某种意义上不自由的）韵律"②。

甚至在纳博科夫最早的诗作里，因循成规的姿态下已隐然有在他日后成熟的作品中所展现出的那种种微妙之处。本集中的第一首诗《音乐》，写于一九一四年夏天，彼时纳博科夫刚开始写诗，也许显得拙涩、稚嫩。喷泉在午夜闪耀，蜻蜓在它四周回旋；蜻蜓的熠熠生辉与喷泉的嬉戏交相辉映。德米特里·纳博科夫文采绚丽的译文与这首诗仪式化的辞藻相得益彰。然而，象征主义时期的作品每每如此，其意象的含蕴要比乍看上去更自由恣肆。纳博科夫的喷泉是想象力的象征：象征其无尽的自我充盈的活力，象征其摆脱"人群"与政治压力的独立性；象征其直面庸常存在的"夜半"而采撷"不可名状的奇诡的国度""爱情与失落的奇景"。喷泉能够溶尽"险恶的荫翳"，泉声里，难以名状的已实现，失落的已找回已重铸，于是一个新的现实嬉戏，熠耀，呈现。简言之，在这青春的喷泉里，一些理念已依约闪烁，它们将在纳博科夫杰出的小说

① 我自亚历山大·多利宁那里借用了这一比较。2001 年夏，在圣彼得堡纳博科夫博物馆的一次讲座中，他提出这一观点。——原注

② 《俄文时期作品选》，卷二，638—639、641、650 页。——原注

中得到淋漓尽致地展现。《微暗的火》在这方面着墨尤多，书中，诗人约翰·谢德对某个可能的超验领域的顿悟由另一座明丽的喷泉来象征。喷泉四周，蜻蜓翩飞。后来，纳博科夫又将这一意象用于《洛丽塔》中：月下，亨伯特和奎尔蒂坐在酒店门廊，望着飞蛾宿命般地飞入明亮的火焰。显然，这首诗的关键词是“嬉戏”，纳博科夫三次用它来形容喷泉的飞溅——“嬉戏”一词在纳博科夫的观念世界中处于中心位置，在《洛丽塔》中，纳博科夫生动地展现了“嬉戏”蕴含的种种诱惑[①]。

《音乐》一诗是个出乎意料的再发现，是一九一四年那个夏天的遗痕。但在《说吧，记忆》里，纳博科夫为自己第一首诗所描摹的创作情境却与《雨已飞过》一诗相契，那首诗写于一九一七年，最先收入《诗与题》中：

> 片刻之后，我的第一首诗开始孕育了。是什么触发了它？我想我知道。没有任何风的吹动，一滴在一片心形树叶上闪烁着的、享受着寄生的舒适的雨点，完全是由于本身的重量，使得叶片的尖端开始下垂，看起来像是一个小水银球的东西突然沿着叶片的主脉表演了一曲滑奏。接着，摆脱了它晶莹的重负的叶片又伸直了起来。[②]

于是，《雨已飞过》也从自身的水雾中氤氲成形，而作为诗歌本身的象征，那从不堪重负的树叶上滑落的水珠或“一滴水银”则令人意想不到地突然出现在结尾：“一片叶子叶尖倾侧向下，/ 坠落一粒珍珠。”就此而言，《雨已飞过》与《音乐》耐人寻味地相映相

---

① 关于这一点，见拙作《弗拉基米尔·纳博科夫与嬉戏的艺术》（牛津：牛津大学出版社，2011）——原注

② 《说吧，记忆》，168 页。——原注

形。借助想象创造一个人为的中心，而将体验尽皆纳入其中，指挥调度，《音乐》是纳博科夫这类诗中的第一首。同类作品还有《王》（一九二三年），诗中纳博科夫炫示自己对想象王国的统御，《长木谷园谣曲》（一九五七年）则叙写美国风物，字里行间流溢着一种虚夸的自得，甚至乔张做致的气息，全诗写由于一个花匠（他的名字很有暗示性地与“艺术”一词同音）的失踪，寻找他下落的人聚集在一起，从而使朝圣之旅中一个不经意的所在演变为俗世圣地。与此相对，《雨已飞过》则让诗的氛围贯穿始终，由激情淡去之际生发，随之捕捉、追随渐益微弱的节奏直至融入静默。在这一点上，《雨已飞过》也期待与之同类的诗，如一九二三年写就的那首无题诗即以“像苍白的晨曦，我的诗听来那般纤柔；/ 我迅疾的顿挫转瞬逝去”开头，而《冰箱醒来》（一九四二年）则以深切的悲悯紧扣冰箱在夜晚发出的种种声响，无论它是在处理“易变的液体”，还是“终于倾覆于这罪恶的 / 夜”，酣眠、遗忘与死亡织成的夜（冰箱被想象成一个竭力要死去的巨人）。

冰箱中的水短暂、简省地转化为霜或雪，随又复归于瞬息的流动，纳博科夫以此隐喻自己诗歌的嬗变，想落天外又恰切熨帖。像他在剑桥时读过的乔治诗派诗人一样，纳博科夫在诗中也一再咏及雨与雪，以至于我们可以借他一九二二年论鲁伯特·布鲁克诗歌的那篇长文移评他自己的诗，那“对涓涓的、潺潺的、微寒的一切的爱”[①] 流溢在他的诗笺中。同布鲁克及沃尔特·德拉·梅尔、爱德华·托马斯等乔治诗派诗人一样，对雨雪的这份情感部分源自童年的审美经验。在《雪》（一九三〇年）这首诗中，诗人正像通常一样辗转反侧，忽地听见窗外积雪上吱嘎吱嘎的脚步声。这声音激发起他对儿时雪橇的追忆，一种普鲁斯特式的追忆：他滑着雪

① 《俄文时期作品选》，卷一，729 页。——原注

橇穿过失落的岁月重访“我裹得暖暖的，笨拙的 / 童年”。同他在一九二〇年代末、一九三〇年代初献给童年的其他诗作一样，这首诗也望向《天赋》的开卷第一章，小说中，费奥多尔刚刚出版一部诗集，集中的诗“全部献给唯一的主题：童年”。像费奥多尔的诗一样，人们在纳博科夫这一时期的诗中不难读到粗糙甚至矫揉之作，一种“满是咒语和钟声的小诗”[①]。然而凭借其刻意的稚拙，这些诗达致天真的境界，这一过程盈满不屑与抗争，它是完整纯粹的审美理想，不为外部世界的繁复激荡侵扰；是清白无邪，不被尘世危难引导或迫使我们做出的种种微妙防范玷染——其实，在《说吧，记忆》中，这一审美经验带着“安全感，幸福感”，其中“一切都如其所当是，没有什么会改变，没有谁会逝去”[②]。天真的作者坚持他创造自己世界的权利，纳博科夫在一九四二年的一篇文章中谈及这一世界，称其为“显然地、不可动摇地与逻辑相违的世界，我所宣扬的精神的家园”[③]。

这些有关童年的貌似天真的篇什与《王》、《恶魔》（一九二四年）、《纹章》（一九二五年）为代表的另一类诗作截然不同，而两者间隐秘的联系就在这一坚持里。在后一类诗中，纳博科夫以象征派占星术士湿润的语调言说，像君王一样驾驭字词——譬如《声名》里仿若萨满的“巫者”；《俄罗斯诗歌的黄昏》中那位哀叹“我将权杖遗落在重洋那方，/ 我听到我斑驳的名词在那里嘶鸣”的语言的领主；以及《疯子》（一九三三年）里那个咆哮的疯子（抑或诗

---

① 弗拉基米尔·纳博科夫，《天赋》（伦敦：韦登菲尔德与尼克尔森出版社，1963），16 及 22 页。——原注

② 《说吧，记忆》，62 页。——原注

③ 弗拉基米尔·纳博科夫，《笔补造化》，见《新英格兰现代语言协会会刊》第一期（1942 年 1 月），21—29 页（第 22 页）。本文曾以《文学艺术与常识》为题收入纳博科夫《文学讲座》（圣地亚哥：哈考特出版社，1980），371—381 页。——原注

人)。尽管不过是一个"凡庸生活里的街头摄影师",他却是"而今的诗人,国王,帕纳斯山的独裁者",月亮、树木谦卑地乞求进入他的诗行。这里我们发现了《微暗的火》的理念,小说中,纳博科夫将这两个角色——疯子和诗人王——分派给金波特和约翰·谢德。

另一组诗全部写于一九二五年前,诗中准确描摹了源自基督教图像学的情景——这将再次令通过《洛丽塔》和《微暗的火》了解纳博科夫的读者讶异惊奇,因为在那些作品中,可以确定,神的显现是审美的而非宗教的。这样的诗包括《最后的晚餐》(一九二〇年)、《圣约瑟的眼镜》(一九二三年)以及《圣母》(一九二五年)。青年纳博科夫与基督教或更为广义的信仰的关系是一个复杂的聚讼纷纭的议题。正如我们所见,在《诗与题》的前言中,纳博科夫坚称他的一些早期诗歌中显而易见的宗教质素不过是某种"拜占庭式的"文学风格。但另一方面,在《诗集》弁言里,诗人的遗孀薇拉则指出"彼岸世界"是纳博科夫的"主题",是贯穿他作品中的"水印"[①]。当然,这种超越感不是对任何宗教教义的承诺,但应注意到:本书中回荡着基督精神的诗只是一九一七到一九二五年间很多有关信仰的诗歌中的一小部分,其中有明显反讽意味的诗作微乎其微。然而,逮至一九二三年,纳博科夫开始将诗中超越的暗示并入他的唯美主义图像学(蝴蝶、喷泉、嬉戏)。在一首写于一九二三年五月的很有趣的未被翻译的俄文诗(未收入本书)中,纳博科夫宣称人"是天使的毛虫"[②],有了这一想法,在收入本书的《蝴蝶》(一九二六年九月)和《天蛾》(一九五三年)两诗中,将蝴蝶与飞蛾描绘为天使(和恶魔)自是顺理成章——而蝴蝶像守护或见证天使一样出现在身陷险境的洛丽塔和约翰·谢德头顶上方也是水到渠成。纳博科夫似乎已走向诗与灵魂的修

---

① 《诗集》, 1 页。——原注
② 《诗集》, 105 页。——原注

持，而这更近于古米寥夫的建议。在《阿克梅派与象征主义遗产》（一九二三年）一文中，古米寥夫声称他创立的阿克梅派已经超越象征主义，象征主义借象征来捕捉不可言喻者，而“阿克梅派的原则是：记住不可知者的存在，永远记住它——但绝不要用大致可能的猜测来亵渎你对它的思考……天使和恶魔，自然力和其他精灵而今只是艺术家用以工作的部分素材而已”[①]。

在纳博科夫最早提及“彼岸世界”的文字中，有一则即出自论布鲁克那篇文章，文中纳博科夫极具个性地将“超越性”掷入奇辞异句中，与他那首《天堂》（一九一三年）有几分像。布鲁克这首关于信仰的诗谐谑佻达，诗中的鱼将彼岸世界想象为一条“永恒的溪流”，而“恢宏的鳍”是溪中的王。纳博科夫写道：“在这些诗行里，在这颗颤抖的水滴中，映出所有尘世宗教的本质。”他进而指出布鲁克“挚爱大地”。即使布鲁克意识到此外还有别的小说，关于信仰的小说，但“阳光的飞溅，风的呼喊，雨的戳刺”却都是他的“初恋”[②]。在成熟的纳博科夫看来，彼岸世界贬低人对尘世生活的毫不苟且的关注，因而任何对彼岸世界的沉迷都将给文学与幸福以致命的伤害；这是《眼睛》（一九三九年）一诗的主题，该诗断言世界若“实已一去不返，物质/与永恒的断裂”，那么，它也就弃绝了所有可爱的细节，而“谁能在意/一个全知全觉的世界，/若是将‘无’的首字母组成的花押字缀在那里”[③]？纳博科夫早期诗作中的基督是教我们去领略大

---

① 尼古拉·古米寥夫，《尼古拉·斯·古米寥夫作品选》，伯顿·拉费尔和阿拉·布拉戈选译（纽约州奥尔巴尼市：桑尼出版社，1972），247—248 页。——原注

② 《俄文时期作品选》，卷一，734 页。——原注

③ 必须承认并且热爱大地的神性这一主题出现在 1920 至 1921 年创作的很多诗篇中，如：《致伊·阿·蒲宁》，诗中赞美了蒲宁对大地诸多元素的爱；在《峰之焰》中，纳博科夫引领他的精神认出“安谧的上帝，隐秘的上帝”存在于世界的各个角落，这是泛神论的表达；而《在天堂》一诗则致意死神，决意回转世间，做一个尘世的诗人（《诗集》，38，39，40 页）。——原注

地之美的孩子，他从未训导我们为进入冰冷的天堂而鄙夷这些美——《圣约瑟的眼镜》中的耶稣拿起木匠父亲的工作台上的眼镜：

> 触摸那又轻又薄的镜片。刹那间
> 阳光一闪横越世界，飞渡遥远，
> 荒凉的大地，温暖盲者，振奋明眼人。

如果这一视界与哪一风格流派相近，那并不是拜占庭派，而是荷兰画派（试想一九一九年创作的《彼得在荷兰》那首诗），或者说——更近于——拉斐尔前派。这样的景象的确让人想起约翰·埃弗里特·米莱斯的《基督在父母家》（一八四九至一九五〇年），这幅画一九二一年入藏伦敦的泰特美术馆，当时纳博科夫正在英国学习。这一简洁的形式——这种对证明精神之存在的世间细微之处的爱——是这些早期诗歌留给纳博科夫小说的最重要的赠予。

纳博科夫一九二五年前写的诗并不都有画境，但就其简洁而言，它们倾向于比较静态的图案：一个单一、热烈的宣告；一个简单的场景；一句悄声的祷告。然而，另一诗学原则，不久即出现在他的批评中，开始与简洁竞争并取而代之。这一见解，如他在一九二七年夏天两篇评论中所言："故事对于诗正像对于小说一样至关重要"，"读者必须始于好奇而终于激动。关于抒情体验，关于琐闻细事，人们必须讲一个像非洲纪行一样吸引人的故事"①（文中提及非洲是古米廖夫对纳博科夫影响日深的标志，古米廖夫曾在埃塞俄比亚猎狮）。所以，一九二〇年

① 《俄文时期作品选》，卷二，639—640 页。——原注

代晚期，纳博科夫一面开拓文采富丽如诗的小说，一面像他在《诗与题》前言中所说，试图“阐明让短诗包含情节和讲故事的原则”。

然而，纳博科夫关于何者构成故事的含义在他的诗正如在其小说中一样微妙、多样甚至矛盾。有几首诗的确讲述了简单的故事——尽管纳博科夫决然否认，《莉莉丝》一诗仍令绝大多数读者想起他最著名的小说[①]。而在多数情况下，故事则出自记忆、梦境、灵感等纤弱的素材——或三者合一，而其巧妙的手法亦借此得以彰显。一些诗则讲述诗自身的形成，如《溜冰人》（一九二五年）这首精致的十四行诗以溜冰人为象征，逮至诗末，我们意识到，那一直体验着的追寻源自与之殊途同归的对诗意的寻溯：“我遗下一个孤零的字句描摹的身影，/ 一朵瞬息开谢的花，由墨水绘成”。《车骸》（一九二五年）中，列车的运动成为艺术“陌生化”的载体。“陌生化”为纳博科夫及对其影响颇深的形式主义批评家（如维克托·什克洛夫斯基）所钟爱，纳博科夫总是将混乱动荡的过程视作对美的破坏：“一切物体都已发狂，/ 在黑暗里在沉闷的金属声中醒着”。在也是写于一九二五年的《春》这首诗中，列车于世界而言是一个更温柔的办公室，不是在摇撼、毁灭它而是在转化它——“一群树，羞涩地退后、敏捷地 / 跑上斜坡”。诗末，作为记忆的一个美丽意象，列车让诗人得以重返他失落的故园，重回他失落的俄罗斯：“远离流亡者的叹惋，/ 活在我的每个追忆里，/ 活在那反转的宁寂间”。像在其他诗中一样，列车充当满蕴叙述动力的反讽性符号——仿佛，在特写摄影中，这辆列车是模型而非真实的列车的唯一线索是它上面有另一辆列车的形象。另一系列的诗中——两首题为《梦》（分别写于一九二六年和一九二七年）和一首名为

① 对于那一否认，见附于本书卷尾的纳博科夫为《莉莉丝》一诗所作脚注。——原注

《行刑》（一九二七年）的诗，一组固定的意象（归梦，闹钟，枪）以不同的形式再现，但一个隐含的原则无一例外地寓于每一首诗中，即叙述的狂暴的能量（钟表即枪）事实上需要任其消耗殆尽；唯于此时梦与记忆的非逻辑方能适得其所地宁静地起（梦幻的）作用。

纳博科夫欲将故事带入诗中的渴望令人想起他所钟爱的普希金——一八三二年普希金创作了诗体小说《叶甫盖尼·奥涅金》。一九二六年，纳博科夫以错综繁复的"奥涅金诗节"写出了他的诗体小说《大学诗章》。这首诗写他在剑桥读书时的慵懒倦怠，这种迟滞感体现在维尔丽特这一人物身上，诗中，主人公与这位比自己略长几岁的姑娘有段不全当真的罗曼史。通常，纳博科夫的作品在思想、幽默、形象、声音和情节上都活力洋溢，故而，阅读德米特里·纳博科夫翻译的《大学诗章》，读者会因译文中曲达其妙的颓靡、百无聊赖而有几分困惑，这不无裨益——尽管这首诗的奥义无疑是纳博科夫珍视自己的一切记忆，即使那些因无趣、丢脸而想必令他反胃的往事。然而，不谙俄文的读者将无从领略诗中经意保持的对比：题材上的庸常无趣与"奥涅金诗节"的精湛精粹——十四行，四步抑扬格，韵式为：ababccddeffegg。所幸，"奥涅金诗节"的韵致不难体会，纳博科夫《译〈叶甫盖尼·奥涅金〉志感》（一九五五年）一诗就是以两节出色的"奥涅金诗节"写就的，在他的《奥涅金》评论中对这一诗节的描述也令人难忘："开篇（利落、响亮、挽歌般的四行诗）与结尾（与八行诗或莎士比亚体十四行诗相似的对句）仿如彩球上的图案或旋转的起点与终点。"[1]这一诗节帮助纳博科夫捕捉诗中交替呈现的记忆的聚焦与衍射，如在第

① 亚历山大·普希金，《叶甫盖尼·奥涅金》，弗拉基米尔·纳博科夫译注，四卷（纽约：鲍林根出版社，1964），卷一，10页。——原注

十二、十三节中，他这样写道："它在我记忆中闪现，/ 仿佛还未聚焦，随即清晰起来，/ 结果重又消逝。"——在这消失的意象重新找到之前："看！现在聚焦了，现在看清了。/ 在那儿，宛若虹霓的光韵 / 流溢在栗色的发间"。"焦点"仅只就字面意义而言，因纳博科夫正在展开的画面是属于记忆的，就像显微镜一样将往昔的幻灯片移入移出焦点。使用显微镜是纳博科夫在剑桥生物系读书（后改学文学）时常做的事，在第十一节中，他写道："拧好铜螺丝钉，/ 以便，在水滴里，/ 世界璀璨地现出 / 精微——这一切占去我的时光。"如此这般聚焦、离焦展现的不仅是记忆，亦是蕴于诗中的人生无尽无定的漂泊感，而且还赋予其诗的意味：正如，在最后几行里，纳博科夫向主宰《大学诗章》的那位缪斯告别，恳求她福佑自己对此世变幻不定的视界：

> 珍爱每一刻，
> 祝福每个动作，
> 不许它冻结，
> 感知微微倾侧的大地
> 精妙的旋转。

在《诗集》前言中，纳博科夫谈及另一个那样的祈求，一首简单的题为《缪斯》（一九二九年）的诗，他写道，那首诗"标志着我青春的创造力的终点"[①]。但它不只是终结，它也是强化，就此而言，它为纳博科夫写作的新阶段奠基，那年轻的抒情自我在这一阶段将转化为他诗中的主体和环境，以及基本议题即人的个性移动的"无

---

① 弗拉基米尔·纳博科夫，《诗集（一九二九至一九五一）》（巴黎：里夫玛出版社，1952），作者导言。

限细分”[①]（古米廖夫语）。《缪斯》一开始就以庄严的语调吁求诗题中的缪斯（“我忆起你的来临”），但到诗末，缪斯却已成乡间旧邻，熟稔，疏离，怅然若失。在《我多么爱你》（一九三四年）中，她只是“你”，一个滑溜、渐逝的代词，在健全的心智风景中无从定位，需要护卫她免得被那些人认出说破；这首诗在想要抓住与试图放手间趑趄迤逦，屏息而行。在一九三〇年代的许多诗中，纳博科夫以他年轻的抒情自我创造出“你”，然后再向它陈说，他对代词的运用宽泛含混，标识不足，故而读者无从感觉陈说的对象是他还是她，也难以进入对方主体性的某些面向，仿佛置身一个令人困惑的梦。《黄昏》（一九三五年）一诗这样开始：“黄昏，相同的长椅旁，/ 宛若置身青春的时日，// 黄昏，你知道那温蔼。”在巧妙地将“你”由一个偶然借来支撑对共享的经验的仓促的假定（“你知道那温蔼”）的代词变为一个非常不同的“你”，一个此刻用以重新展现私己化育的缺憾的哀悼仪式的潜意识主体：“适如那时，那些遥远的日子，/ 微笑，背过你的脸，// 如果那些久逝的灵魂 / 偶尔准予归来。”而在别处，如《我们曾如此确信》（一九三八年）中，在“你啊，我的青春”和那个讲述的“我”之间的关系是特定的——“你早已不是我”，但，似乎为了补偿，“我们”没有拔锚解缆。尽管题目和第一行里回荡着前现代派对共享的信念共同体的令人慰藉的假设，读者很快就对这一假定犹豫起来，它与诗中的思绪——将“生命的连续”视作“毋宁像浪涛的薄雾，/ 横亘在你与我、浅滩与沉没之间”——是那般膈膜。

当然，自我的嬉戏是纳博科夫小说的基石。譬如，在《塞巴斯蒂安·奈特的真实生活》（一九四一年）结尾，叙述者说他可能虚构出一位异母兄弟塞巴斯蒂安：“我就是塞巴斯蒂安，或者说塞巴斯

---

① 《尼古拉·斯·古米廖夫作品选》，231 页。——原注

蒂安就是我，或许我们两人是我们都不认识的某个人”[①]；在《微暗的火》中，纳博科夫构拟出一个三维映衬体系来描摹他虚构的主人公谢德和金波特人格的每一种可能的嬗变。而这种有关身份的游戏至少可以追溯至《琐事》（一九二六年）一诗，诗中，纳博科夫审视自己体验过的和仅只可能的各个自我，而那个名字含讥带讽的称谓矗立在各种纷杂的角色之上，像游轮桅杆高耸于乘客头顶，它是那些“自我”共同的指代。在《琐事》中，纳博科夫坚持他的公共形象与他的各个自我以及他的生活之间的区别。不过，在其他地方，他则最想在普通人与艺术家之间划出分野，形成对比。正如他在《尼古拉·果戈理》一文中所言：“正是果戈理的影子在过着他的真实生活——他书中的生活，而在他的书中他就是一个天才的演员。”[②]本集中两首早期的诗——《莎士比亚》（一九二四年）和《托尔斯泰》（一九二八年）——着力展现这一差异，这两首诗探讨简单的历史个人（莎士比亚戴着环形领，混迹酒肆，而托尔斯泰在乡村学校闲荡）与隐藏在这些面具后的“魔怪般的天才”之间看似难以联通的鸿沟，那“魔怪般的天才”创造了众多人物，其“幽灵般的回声”“仍为我们振荡”，它将本该属于他们匿名的天才的声望赋予了作者。

在这些诗中，可以视若当然地认为，莎士比亚和托尔斯泰通过他们的艺术在读者心灵中荡起的无尽回声来实现他们的“声名”。但在纳博科夫一九三〇年代末、一九四〇年代初的诗中，特别是在分别写于一九四二年和一九四三年的有内在关联的两首长诗《声名》和《巴黎诗章》里，他缕诉失去练达的俄罗斯侨民读者后，他

---

① 弗拉基米尔·纳博科夫，《塞巴斯蒂安·奈特的真实生活》（伦敦：企鹅出版社，2001），173 页。——原注

② 《尼古拉·果戈理》，26 页。——原注

身为流亡书写者的境遇，进而使自我的嬉戏更上层楼。《声名》一诗声言“向不存在者陈辞”，一个煎熬人的声音以诗人的声名来威吓诗人，尽管文学竟像“真正的叶子”一样飘零在俄罗斯大地，但“你那些不幸的书 // 没有大地，没有小径，没有沟渠，没有门槛，/ 它们将坠入空无……”被夺去了乡土，这些诗中的“我”缺少赋予我身份与舞台使我得以倾诉的对象；《巴黎诗章》中，面向那拖走自己流浪海外的同胞读者的天使，诗人微弱地恳求：“你至少或可回想，或至少 / 屈尊略略一顾——此际 / 我依然对您诚惶诚恐（签名 / 难以辨认。夜。云泞的天苍）。”

就其长度来说，随机撷取的这些诗只能给我们一个朦胧的“自我”，一缕“云阵”和一声无形的铿锵。个性乃至思想都不过是修辞的机杼织出的幻象，“我从自己 / 榨出一页硕大、明洁的纸”，《巴黎诗章》这样写道。就此而言，这些想法与纳博科夫当时正在写的一本论述果戈理的著作中的思绪关联紧密，书中写道：“次要人物……是由一个个从句产生的……是由各种比喻、比拟、抒情的吐诉产生的”，故而“直面我们的是纯粹话语形式直接生出活生生的人这一令人瞩目的现象”[①]。某个那样的角色步入《声名》一诗的开头，“这时，仿若踏着雪橇，一个角色滑入 / 蜡似的，水蛇腰，红红的鼻孔满是煤烟”，他“不过是饶舌的尘埃”，副词的残渣，一如果戈理《外套》（一八四二年）的主人公阿卡基·阿卡基耶维奇。像纳博科夫对《外套》的描绘一样，这些诗是“奇诡、狞笑的梦魇，将生活灰暗的图样戳出一个个黑洞”[②]——正如纳博科夫一九四七年发表的果戈理式小说《庶出的标志》一样。抑或，它们有可能那样，如果不是与在《庶出的标志》中不同，纳博科夫在这些诗

① 《尼古拉·果戈理》，78 页。——原注
② 《尼古拉·果戈理》，140 页。——原注

里依然相信并且证明自己抒情的声音拥有创造自己的听众、赋予自己权威、锻造自己跨越生活与语言肌理上那些黑洞的桥梁的力量——如在《声名》一诗中，他写道：

但我之言，盘曲而成凌空的高架桥，
跨越世界，而借由飞转的轮辐，
我无数次微行探访
故国那火舌舔舐的夜。

由这些表面印满怀疑的瘢痕的俄文诗转向纳博科夫在同一时期写下的英文诗，读到那错综繁复的音韵间奔突的毫不犹疑的艺术与社会信心，不免令人瞠目。譬如，在《一次文宴》（一九四二年）一诗中，我们瞥见杯盘间的诗人，默默积聚陈腐的言谈以作他日调侃之资，仿若一个冷漠的食肉动物任一屋子猎物无邪地卖弄——这有几分像是对《普宁》中叙述者残忍的戏仿。在《俄罗斯诗歌的黄昏》中，纳博科夫选取一个更温和但却并不脆弱的角色，某女子学院的客座教授，其讲演像巫师的咒语一样畅达，敏捷劲健以至能轻而易举地将女生们的问题纳入其前行的节奏，一如《一次文宴》中那个“食肉动物”饕餮呈于面前的语句。

然而，正如《声名》和《巴黎诗章》中有颇多扭曲，其间碎词断句会骤然架起缥缈的高架桥，纳博科夫的英文诗则相反地在看似光滑的表面下隐藏种种机关，譬如：在《俄罗斯诗歌的黄昏》末尾，在向演讲者道“晚安”那一刻，俄语译文却揭示出那是等待他的折磨人的失眠的先兆。而这一时刻预示着《微暗的火》，在这部小说中，纳博科夫在他的两个主人公之间建立了一个明显的截然不同的对照——郁郁寡欢、步入歧途的俄罗斯流亡者金波特，和温煦开朗、住在自己出生的宅院的新英格兰诗人约翰·谢德，但借由一系列迂曲幽微的契合，读者得以相信谢德和金波特是同一个人的两个对立的面向，从而削弱了这一对照。但以这一思路去理解纳博科夫的英文诗却会引发很多问题。《一次文宴》中那含讥带讽的人在他身处的环境里真的得其所哉，抑或他的咄咄逼人恰恰欲隐还现地表达了他的脆弱，而他的渴望则与《冰箱醒来》一诗中冰箱巨人在那个“罪恶的 / 夜”里终宵嘶吼的死的渴望同气连枝？这些诗中奔腾的声音是否诗人的心声，还是属于《声名》开头那个威吓诗人、“像讨厌的旧校友”一样的霸凌者？诗人是否已沦为听者，沦为一个“在偷听的自我”，如他在《流亡者》（一九四二年）一诗中所言，是否已无力防卫那异己的折磨他的声音——尤其是他是否已习于听到那陌生的口音从自己口中发出？对自己在世界上的位置、对自己的时代感如此确信的诗人才有能力在《修复》（一九五二年）一诗中宣称：“就想想傻瓜都能赶巧 / 撕破那“何时”与“何地”的网。”那么，令这些英文诗超迈率易清浅之处在于，它们看上去了无罅隙的表面细查之下却在这“意识的织物”里显露如此之多的果戈理式的泪，有如《梦》（一九四二年）中“那嚎叫的洞”，“独腿的孩子，嚎叫且大笑”，在梦魇里单足蹦跳。

就此而言，纳博科夫的英文诗，像后来《微暗的火》一样，淋漓尽致地发挥了他的洞见：“意义的演变就是无意义的演变。”[①]（语出小说《普宁》中一人物）某一特定语言的丰富意蕴是脆弱的奇迹，它取决于那由隐秘的半意义构成的几乎无以穷尽的根系；而那稠密的网络，那诗与梦共同的泉源，只有当人甘冒疯狂抑或绝望之险时才能无视它。远至一九二四年，在散文诗《俄罗斯的河》（未收入本集）中，纳博科夫曾将这些半意义想象为河水有若珠玑的潺湲；异国城中，诗人伫立桥头，河从桥下淙淙流过，似在责备诗人

① 弗拉基米尔·纳博科夫，《普宁》（伦敦：企鹅出版社，2000），27 页。——原注

竟将它忘怀[1]。这音响与意义的潜流，流贯诗中，时而仿若江河，时而宛如长风，时而又有如在《柔柔的声响》（一九二六年）中一样，似海潮的呢喃。在《俄罗斯诗歌的黄昏》中，纳博科夫重返“俄罗斯的河”这一意象，放言“某种湍急的言语被说出，/然后那孩子继续睡去。”语言的万千意义一路穿过它周遭的环境，因此，语言就是世界。这一观点蕴于一切元虚构文学之中，但纳博科夫却独出心裁地拓展了它，凭借他的匠心，不仅意象和譬喻，甚至俄语（和希腊语）字母都依其语言固有的特色被塑造加工。而在这首诗的其他部分，纳博科夫则令这一观点更为坚实，他向我们展示了英语与俄语中的不同韵脚如何感染心灵去建立联系与区别，以至在俄语中：

> 爱与血押韵浑然天成，
> 自然与自由，哀愁与迢遥，
> 人与永生，王子与泥，亦然，
> 月可与许多词押韵，但太阳，
> 歌，风，生，死却无同韵的词。

那些失落的韵脚与匮缺的譬喻是“与我交臂而过转身跟踪我”的“虚伪的影子”，诗人曾试图（而又无从）扔弃的世界的中介。

将世界视为词而将宇宙视为字母表（《声名》一诗中，纳博科夫写道：“我用字母代替星辰”），纳博科夫这一元文本倾向可直溯一九二〇年代早期，譬如，在《骰子》（一九二四年）一诗中，他宣称：“在这怪异、陌生的世界，/生命的字母，一整行一整行，/已被排字机变换顺序。”不过，到了美国，纳博科夫开始在《纽约客》上

---

① 《俄文时期作品选》，卷一，746—747页。——原注

发表谐趣诗（对他钦佩有加的友人约翰·厄普代克以及他康奈尔的同事莫里斯·毕肖普都写过这路诗），谐趣诗的基本策略是凭借片段的闲聊，借谐音打趣的习语，以及从报纸上零星摘录的奇谈怪论来从语言上把握世界。正如厄普代克后来在自己的诗集前言中所说，严肃的诗源于“真实的（给定的、实质的）世界，谐趣诗则来自人造的信息的世界——来自书籍、报纸、词汇、符号”[①]。由是，《冰箱醒来》将冰箱如何运转的说明、极地远征，和厨房广告融为一体；《俄罗斯诗歌的黄昏》则从演讲者或可收到的某封信中摘录一段话作为题记；而在《模特儿颂》（一九五五年）中，诗人则缕诉自己如何追求某位模特，遍览其在杂志广告中的丽影。

如果没有认识到纳博科夫美国时期的诗作每每把玩且深化谐趣诗，那么，对这些诗，包括《微暗的火》中的诗，就不可能完全理解与欣赏。在《长木谷园谣曲》（那个星期天上午，十点三十，/两辆轿车开过小溪开进谷地）和《杨树》（一九五二年）（这座楼前有棵杨树，/我觉它渐渐精于将水源觅取）中，我们读到平板的对句、平淡的用语；在《写于俄勒冈的诗行》（一九五三年）（艾丝美拉达！喏，我们就在此处/歇歇，在这被蛊惑与赐福/的山林，在这被蛊惑与赐福的西部）中读到童子军团长式的明净的三连韵；在《触摸之乐》（一九五一年）（某个注定的日子/在你们报纸的社论版/会这样写：/“接触已经成年”）中读到科幻式的巧思在单调的四行体中前行，步履沉重。这些韵脚对孩子而言始终有种看似稚气的诗的凝重——毕竟，如纳博科夫在《俄罗斯诗歌的黄昏》中所言：“韵律是一行诗的生日，如诸君所知”。不过，有时，一个生日是不够的，纳博科夫会臣服于诗的韵律的诱惑，制作出更加天真的

---

① 约翰·厄普代克，《诗集，1953—1993》（纽约：阿尔弗雷德·A. 克诺夫出版社，2003），23页。——原注

声韵，譬如，在《诗一首》（一九四二年）中，纳博科夫将一个美国士兵的伏倒在地的尸体喻为一个跌倒的孩子：

他小时，常常跌倒，
躺在沙上或地毯上
很平很静直到知道
要做什么：起来或哭泣。

或者一首诗以一个新的诗节像拾起一个新玩具一样拾起一个新的话题，而相信自己有能力重新开始亦是谐趣诗的特征。于是，在《修复》中，诗人刚开始记述女儿的梦魇，就随即中止，描摹起党争伎俩"我认识个写诗的，能剥去/威廉·退尔果或戈登·匹普果/的外皮，而全程无间断"。这种自我分身造成的离题是《微暗的火》中约翰·谢德的主要手法之一。在小说中，离题一直以突降法贯穿、浸润着诗：首节中，谢德刚将自己描摹为"惨遭杀害的连省的阴影"，就以欢快的宣告削弱了自己的史诗修辞："而从心底，我愿复写/自己，我的灯盏，盘中的苹果。"[①]与此相反，对谐趣诗所乐为之的参差对照的列举，纳博科夫时常把玩其所给予的感怀的种种可能性，如在《最温柔的语言》中，诗人作别诸多事物——家具齐全的公寓，街巷，融入天穹的乳白的信笺，隐含的图样，香蕉皮，侍者，创口，爱。将失去化作诗的脆弱的拥有，这一原本简单的技巧被《纽约客》的另一位作者伊丽莎白·毕肖普在她的名诗《一种艺术》（"丢了的房门钥匙""妈妈的表""两座城，可爱的城"）[②]中发

① 弗拉基米尔·纳博科夫，《微暗的火》（伦敦：企鹅出版社，2000），5—6行。——原注

② 伊丽莎白·毕肖普，《诗全集》（伦敦：查托与温达斯出版社，2004），178页。——原注

挥到了极致。约翰·谢德，这位才情远逊毕肖普的诗人，有点过度使用了这一技巧，而纳博科夫则在某种程度上试图说明谢德个性及其艺术方面的局限——尤其是，他对将失落的无序整理纳入由漂亮的修辞格构筑的安适景观这一能力太过自得："我们最美的往昔而今萦结成 / 弄皱的名字，电话号码，和褪色的卷宗"[①]。

但纳博科夫的诗才在谢德之上，赋予他表面笔调轻松、音韵清脆的英文诗以力量的是他挤压、扭曲、撕破彬彬有礼的表相而揭示匿于其下的破洞与混乱的能力。他最简单的技巧之一是漏掉字母，《一次文宴》一诗揭示文雅的侵犯就是借助诗人佯装将邀请他去和其他来宾"聊聊"(meet)误听为怂恿他去把他们"吃掉"(eat)。在小说《普宁》中，因为美国人发不好"普宁"这个音，所以，这个名字就成了理所当然的善意的调侃对象，而通过其中仅只一个字母的改变就尽显一个因流亡而被剥夺了尊严的人深埋心底的苦痛。在《流亡者》中，纳博科夫巧妙运用不同寻常的混合抑扬抑格，于是，诗的节拍似乎以耳朵从来都不太习惯的复杂的交叉节奏来不住打断自己，以至这首诗仿佛一面编织一面在其织体中造就泪水和裂隙，有如风造就"蓝色的洞"：

……学院的杨树耐水的光泽面……
木声萧萧，杨树将
它们游移滑动的影子掷向
穿着花衣的年轻丽人，洒满她们的腿，当她们骑着脚踏车
碾过他的肩头，他的腋窝，他的心房，那两本
大大的书硌疼他的肋骨

① 《微暗的火》，521—522 行。——原注

笨拙的跨行，一如诗行内部协韵（心房 / 硌疼）的阴影，对于营造这种令人目眩的绝望是至关重要的——如写于同一年的《冰箱醒来》中那几行："像巨人在刑讯室中醒来，他尽力去死 / 却死不成，尽力 / 不叫却即刻叫出声"。在《模特儿颂》中，纳博科夫巧妙运用协韵、不完全韵和逆韵，极尽文字游戏之能事，扰乱了由广告与大众制造的美这一赝品世界里虚伪的和谐：第一节里就通过与"草皮"押韵，而将"模特儿"拉回到现实里。第二节中，她的"百合般白皙的腋窝"却"惹人怜惜"，而"有若蝴蝶的睫毛尖"则是"飒"。到第四节，耳朵简直无法辨别哪些韵是假的或戏仿的："戏仿"与"栏前"，"樱桃树"和"箭术"。面对杂志的不予作答，面对它简单的和谐与比例构筑的审美，诗人只能发出技术性的质问："'谁能，'有人问，/ 把'星'与'不幸'押韵？"/……谁会娶一个模特儿？/ 杀掉你的过去，让你变得真实，/ 生儿育女，实实在在 / 挪出那些过期的《浮华》？"

如果纳博科夫的英文诗只是诠释和讽刺他置身其间的社交界的规则和模式，它们也就不像现在这样有趣了。虽然它们恰如其分地描述了荒谬和梦魇的潜流，这些诗却并没有为此耗尽有形世界的一切意义，而是回荡着《微暗的火》中约翰·谢德的体认：以为找到了一个可以像自己一样以临终之眼观照喷泉的人，却不无失望地发现其实所谓"泉"在他读过的那篇文章中不过是"山"字的误植[①]而已。又一次，生活变成了一个字母，然而，对于谢德而言，这并非疗愈绝望的处方："但是突然我明白 / 这曾经的真意，对位的主旨；/……是的！已足够，在生活中能发现 / 某种联系和食米鸟，某种 / 相应的棋阵。"亦即，凭借语言与艺术，收获"不同寻常的情感，/ 音韵富丽的生活"，纵使这情感飘摇、脆弱、人为，也已

① mountain（山）与 fountain（泉）在英文中仅首字母不同。

足够。“若我私己的宇宙格律严整 / 神圣的银河的诗行亦是如此 / 而且我猜是以抑扬格写就”[①]。

某种程度上，纳博科夫在《修复》一诗中将这一点表达得更直接。尽管，一方面，“就想想傻瓜都能赶巧 / 撕破那‘何时’与‘何地’的网”，只需将这一真相倒转一下，我们就可看到“每个大脑都濒临断无大脑 / 能承受得起的无名的福祉”。头韵经过幽默地夸张，织成了这张网，将我们置于意义与无意义的边缘。这是这些诗的典型特征：通过“撕破”（tear）与“何地”（where）押韵，纳博科夫着重强调了一个“严肃的”诗人或会羞于将其作为韵脚的小小的关联词（“何地”）。这些诗所创造的世界的韵律不同于纳博科夫在《俄罗斯诗歌的黄昏》中所凭吊的那个世界的壮美韵律——爱与血，自然与自由，悲伤与距离。毋宁说，它们是《最温柔的语言》一诗中两种惆怅的告别方式：“就这样”（that’s that）与“挥动……帽子”（wave... your hat）；或在《梦》之网里“快些”（sooner）和“月色里”（lunar）；或《杨树》中怪异地自我镜鉴的对句——“茁长”（grows）与“觉得”（suppose），“椅子”（chair）和“那里”（there），“我”（me）及“树底”（tree）。这首诗让我们认识到甚至“那里”和“我”意义上的关联是多么脆弱而又多么相牵相系，可将脆弱的“我”放入“那里”的家园，如此不起眼的词儿却并不是想当然，亦不只是《那个房间》（一九五〇年）一诗里奉与那个孤独的即将逝去的流亡诗人的那些联系，《圣经》和电话簿，“一本天堂，一本地狱。”而诗人在写这首诗时——拿“我住进”（mine）与“一行字”（line）押韵——把“我”（I）与“死”（die）押韵。的确，后面几节里，纳博科夫指出：“诗人之死，毕竟，/ 是个技巧问题，是利落的 / 跨行，旋律的突降。”但那是诗人——或随便什么人——的生命；就此而言，生命，纵使

---

① 《微暗的火》，806—807，811—814，969—970，947—974 行。——原注

彼此紧扣，却依然向艺术的修复敞开：

此际生命在黑暗中
解体，房间化作
幽灵的胸膛，胸中的心
不为人知，不为人爱——却不孤独。

托马斯·卡善，二〇一二年

德米特里·纳博科夫所译诗

音　乐

每到夜半，那里总闪耀
一树喷泉，怡然峭然，
它飞溅，颤栗，幻作
不可名状的奇诡的国度。

环着喷泉静静回旋
又隐入银色的水雾
一只只蜻蜓，彩翼斑斓
映衬着那魔法般的展现。

那树喷泉，傲然荡起
奇妙、清越的声响，
飞溅、颤栗、幻作
爱情与失落的奇景。

那些蜻蜓安然地回旋，
彩翼斑斓宛若钻石，

在洁白如雪的玫瑰之围里，
一边歌唱一边将泉源追随。

每到夜半，那里总闪耀
一组音乐，汹涌着力量，
像怡然的喷泉嬉戏，
覆过人群腐臭、庸俗的困境。

依约溅落的喷泉
溶尽了险恶的荫翳——
与之辉映的，蜻蜓的翩飞
是零落的回声——由熠熠的灵魂发出。

革　命

一个有着非俄语后缀的冗长的词，
我无意间在一本童书里发现，
陌生的颤栗漫过，我把脸转向一边。

那个词盛满蠕动的神秘的激情：
那些咆哮、那些嚎叫、那些唿哨、那些不可理喻的幻象，
刺杀了马玻璃似的眼睛，

迂曲蜿蜒的街，预示邪恶的建筑物，
一个男人，满身血污，仰面倒在地上，
某人迫切的双手打着兽性的手势！

而，曾经，我觉得那么甜蜜，
当读到那些古灵精怪的兔子在春天
和豚鼠在触得到月亮的树桩间舞蹈！

但现在这重如万钧的词悬在我童年的故事上
恍若风暴，驰过！古老的素朴一去不返；
恐怖的思绪，在一个个命定的深夜，

窸窣如灰蒙的报纸！

彼得在荷兰

自俄罗斯难以忍受的严寒
他阔步来到这里。
他钟意呼啸的大海，
和我们覆满花砖的小镇；

他在岸边漫步，
晒得黑黑的，粗犷，充满青春。
风。苍白的沙丘。
远处传来砰然的斧斤声。

帆在粼粼的海上
缀成缤纷的旗帜。
一行鸥鸟，直上穹苍，
绿意与釉彩仿佛。

黄昏流过睿智的论辩。
酒杯。渴睡的伙伴。

胜利的语调里浸满遐思
召唤“木匠沙皇”彼得。

他在桌前凝神默想，
时钟发出清晰的滴答声。
我忆起：他粗野的唇髭，
果敢、无畏的眼神，

头与肘投下的影子，
小酒馆的搁板，
壁炉上明灭的夕暮，
和蓝色的方格图案。

最后的晚餐

这一刻是忧郁的，晚餐粗粝，
预言是背叛和别离。
夜明珠以光浸沐
夹竹桃的花瓣。

使徒倚向使徒，
耶稣有银色的手。
烛光清澈地祈祷，桌上
带翼的夜虫匍匐前行。

复活节

悼念亡父

我看到远方璀璨的云，看到屋顶
灼如明镜，……我倾听
呼吸着的阴影，倾听光的液滴，
而你不在——缘何至此？你逝去，在
湿润的世界泛青的日子。主的圣洁之春正走来，
　　正茁长，正召唤……而你远逝。

然而，假若每条更生的溪流都把神奇吟唱，
然而，假若每朵飘坠的融雪都琤瑽鸣响——
假若这些不是令人目眩神迷的谎言，
而是那颤抖的、悦人的召唤："重新站起"——
一次有力的"绽放"！于是你在这叠句里，
　　在这辉煌中，重临世间。

王

我统御一个隐秘的印度：
　　来吧，来这青天下的国度，
我会命赤身的巫师
　　为你把蛇化作手镯。

你啊，不可方物的公主，
　　我奉上锡兰换你的吻：
奉上混一，高华，古老，
　　群星丽天的苍穹换你的爱。

我的孔雀我的黑豹，天鹅绒般润泽，
　　却双双憔悴：殿宇周围，
依依棕榈，宛若霖雨：
　　我们，我们，都在等待，一睹你的芳颜。

我将以朝霞的泪珠做你的耳珰，
　　我将把胸中这颗心给你，
我是帝王，假如你不信，
　　就不信吧——但无论怎样一定要来。

圣约瑟的眼镜

拭去你的泪珠，听吧：一个洒满阳光的正午，
　　一位上了年纪的
木匠把眼镜忘在了工作台。大声笑着，
一个男孩跑进来；停步；看到这情形；蹑手蹑脚上前；
触摸那又轻又薄的镜片。刹那间
阳光一闪横越世界，飞渡遥远，
荒凉的大地，温暖盲者，振奋明眼人。

像苍白的晨曦，我的诗听来那般纤柔：
　　我迅疾的顿挫转瞬逝去，
没有可能有哪个热心的后人
　　会忆起我羽族的绰号。

我能做什么，我的缪斯，我的挚爱。我将
　　在脚注里，隐忍苟存……
我无力歌唱，无力对他们讲
　　需多么珍重主的身影，

我们怎能看清主身影的律动
　　仿若它飘出我们陆离的重帘，
日日夜夜珍贵的圣杯怎样
　　盛起生命的水源和恒星的琼浆。

我无力歌唱，无力讲——即刻，
　　他们就将忘怀我这苍白的晨曦，

我将最后一缕光赠予她
　　而她第一个将我忘记。

然而，我依然满足，我的缪斯——因
　　你静默而温柔；谁也不会因你
哀凄；每日歌中俗世的纷扰
　　像浮华的音节，你已摒弃。

莎士比亚

伊丽莎白朝的衮衮诸公间
你也幽光微茫，步趋奢华的习尚；
戴着环形领，银色的锦缎
罩上髀髋，须髯如楔——所有这一切
都与他人并无不同……于是
你将神一样的雷霆叠进披肩。

高傲，超然于舞台上的号角与行军，
你从容，无悔，弃去
枯萎的桂冠，
将你魔怪似的天赋永远
藏入面具；然而，你幽灵般的回声
仍为我们振荡：你那威尼斯的摩尔人[①]
他的无尽苦痛；福斯塔夫的面容，
像粘着两撇胡子的牛乳房；啊那暴怒的李尔……
你在我们当中，你不曾逝去；可是，你的名字，你的容貌，曾那样骗过了世人——
你已浸没在你钟爱的忘川。
当然，的确如此，一个放高利贷的已惯于
为笔款子在你的作品上署上自己的名字
（那个莎士比亚——威尔——《哈姆雷特》里扮过鬼魂
混迹酒馆，腹内的野猪头还没消化
就一命呜呼）……

轻舟低吟，你将离开你的国度。
你去了意大利。女子的声音
透过铁饰语调平淡，
高高的英吉利人对着她的阳台呼唤，
柠檬色的月光落满维罗纳的街巷
令他意兴阑珊。我更愿想象，
可能，那逗趣、慷慨的
堂吉诃德的创造者
和你一起闲话聊天
在等待新马之际——黄昏
想必是蓝色的。客栈后面的井
盛着一桶纯净的叮咚……回答我——
你爱过谁？展露自己吧——谁的回忆录
曾顺便提及你？看啊有多少
卑微、无用的过客留下他们的旅痕，

① 指莎士比亚四大悲剧之一《奥赛罗》中的主人公。奥赛罗为摩尔人，受雇于威尼斯城邦，任将军。

布朗托姆[①]有数不尽的名字一问便知，
倾吐你自己吧，抑扬格之神，让你的雷霆轰鸣，
你这绣口百张，不可思议的伟大歌者！

不！在这注定的时刻，当你感觉
被上帝放逐，回思
那些秘密的手稿，洞悉
你无上的崇高无瑕无疵
讹传的妄诞的污名无从玷染，
于是，岁月的浮尘间，
你总是隐身，一如不朽
本身——在远方，含笑，逸去。

① Pierre de Brantôme（1540—1614），法国军人、编年史家。原名皮埃尔·德·布尔代耶。其著作以坦率和质朴著称，主要内容是战斗故事或骑士传说。

骰　子

让我们折起灵视的翅膀。
入夜。建筑，生硬瘦削，彼此
倾覆。影子碎了。
街灯是断裂的火焰。

房间里迟钝的风倾斜
家具。镜子难以固定
餐桌和盛满橘子的托盘。
我的脸翠绿。

你是飞翔，是诗，穿着黑色的裙，
属于黑色的角度在这杂色的世界。
你阴郁的定理，你
锐利的膝压向天花板。

上帝啊，在这怪异、陌生的世界，
生命的字母，一整行一整行，
已被排字机变换顺序。让你我
折起翅膀，我高傲的天使。

圣彼得堡

来吧，朦胧的莱拉！
被放逐的春日，重回我身畔！
淡绿的帆，即将扬起的帆，
御苑就要开放。

篱鹰在它们的边界隐现，
涅瓦河慵懒地呢喃
仿若忘川流涌，花岗岩上
留有普希金的肘痕。

莱拉，不要——一切会好，
不要哭泣，哦，我逝去的春日，
且看那锦鳞，浅浅的蓝，
绘上漂漾的布告牌。

彼得堡彩色蜡笔画似的天穹下一切静默，
缥缈的蒸汽舰队泊于其间，
八角形的木砖
笼着一抹金色的轻埃。

黄 昏

我把肩上的镐和锹
　　扔进仓房的一角，
我擦干汗，从容迎候夕阳，
　　一朵凉爽的玫瑰色的篝火。

它宁静地燃烧在伟岸的山毛榉林那边
　　在肃穆忧郁的枝柯间，
嘹亮的夜莺不可名状的回声
　　倏然闪过，

一阵刺耳的喧闹，蟾蜍的唱诗班，古塔胶似的，
　　在池塘里歌唱充满活力。
它戛然而止。一只飞蛾信赖地，
　　轻柔地拂过我的前额。

山冈变得沉郁哀愁：夜灯隐映
　　忽闪着慰藉。

远方，火车在咔嗒声中消失，袅袅的
　　呼啸袅袅地逝去……

芬芳是茵茵草色。我悄立出神，无思无虑，
　　星云般的汽笛已沉默，
我看见夜色四合，群星低垂，
　　清泪涓涓流淌在我脸颊。

卜

圣诞前夕，临近夜半，
窗外静立，
重生，伐倒的冷杉垛，
我银色的林。

如雾的月色里，
我觅见那小屋，
那烛光，我的斯韦特兰娜，
在镜与镜间辉耀。

这神奇的火焰
将在那池水上荡漾；
急急地诱引
那小小的果壳船。

暮色里，镶木地板
融进那缕光，

且让我们听我们小小的
灰发的邻人讲述运程。

待蔚蓝褪尽
你可备好几副牌……
老祖父一忽怒目，
转瞬又扬起眉。

他拿起丧服色的黑桃
将它们排在
泛着橘色光泽的
一个个方块上。

就这样，斯韦特兰娜——
忧郁盈满你的凝眸，
可对我们而言，没有什么假涅槃
被那几副牌言中。

我不是够格的巫师，
老祖父也长眠在坟中，
于是没有人，没有人，
质问古老的命运。

浸没于那渐暗的微光，
此刻万物都隐去，
那柔辉是水晶坠饰，
是白色钢琴的润泽。

果壳里的火已熄灭……
你已永远逝去，
我传奇的冷杉垛，
我银色的林。

恶　魔

你从哪里飞来？什么是你正在呼吸的
　　哀愁？
告诉我，哦，有羽翼者，为何你的双唇
死一般苍白，为何你的双翼浸染海洋的气息？

恶魔答道："你饥饿你正值韶华，
但繁音众响并不能让你餍足。切勿触碰它们，
切勿触碰你身上那些纷乱的弦索。

静默是无上的音乐。你为无尽的静默
而生。去认出它的印记，
那铭于石，铭于爱，铭于光耀大路的星辰的印记。"
他消失了。夜色融化。上帝命我发声。

溜冰人

他曾请位缪斯教他溜冰，
着冬装的特耳西科瑞[①]——瞧：
他露出额头，穿着黑色马裤，
胸前奖牌的金辉熠熠燃烧。

他回旋，匪夷所思的冰鞋
的闪电如钻石般瑰丽
滑出弧线，如星，拓开
绚丽的花的图像。

于是，在那紧致、丝滑的冰上
勾勒出一朵向日葵。但且慢——
我可曾，伴着那悠扬的口哨，
穿着诗的溜冰鞋蓦地滑回你面前？

我遗下一个孤零的字句描摹的身影，
一朵瞬息开谢的花，由墨水绘成。

然而，明天，垂直的、缄默的，
雪花飘落，点染那刀痕纵横的溜冰场。

① Terpsichore，希腊神话中司音乐与舞蹈的女神。

春

车头飞向原野，
一群树，羞涩地退后、敏捷地
跑上斜坡：
烟，像白色的巨浪，融入
白桦林缤纷的树冠。
车厢张起夏日的帷幔
丝绒后座依然空着。
铁轨边黄色的蒲公英
被第一只蜜蜂造访。

那里曾有一丛雪，现在只余下
椭圆，中空的一小堆
踞在渐转青翠的沟边；
雪上铺展着薄薄的煤烟，
湿润的，春的气息。

乡间冷清的宅院映着斜晖，

花园中，让鸽子欣悦的，
是那云影依洄的水洼，
柱子和古旧的屋顶，
还有那排水管的弯头——
都需要重新粉刷，
罩上绿漆的墓布。墙上
油漆者欢乐的身影，
和梯子的影子一起落下。

白桦的树冠摇曳在清冷的蔚蓝，
那乡间的宅院，那夏日的辰光，
是一成不变的、重现的画面，
然而它们的完美总在。
远离流亡者的叹惋，
活在我的每个追忆里，
活在那反转的宁寂间：
永远失落的化作不朽；
而这反转的永恒
是高傲的灵魂的至福。

梦

一次，夜里，窗前
雨声琤瑽。
主打开他隐秘的梦之书，
为我选定他最幸福的梦。
熟稔的警钟回荡，
夜，大声啜泣，摇撼屋宇。
我的梦是蓝色的路
穿过荫翳的村庄。

载着那柔软坟起的货物，
车底传来轮子低沉的吱嘎：
我从场院奔回家，
身子后仰，树荫仿佛染蓝了马车。

一次次，吃力地坚持
在梦的每个转角，
车架不停地吱嘎、倾斜

像窗在雨中喘息。

而我，在僵眠的幽蓝里，
分不清现实与梦境：
哪是那宿命的、陌异的夜之界线，
是那车架躁动的哀吟——

哪是那干草间的雏菊，
就在这儿，就在我唇边，
叶影流荡，流啊
流成激流飞落如环……

车　骸

在薄暮的苍穹下，驰进草地，
笼着飘坠的烟霭，
车厢全速前行
追随车头燃烧的光：

行李车，锁得紧紧的，充满不祥，
箱子摞着箱子，
一切物体都已发狂，
在黑暗里在沉闷的金属声中醒着——

接着，连续四节卧车，
铺位嵌着饰面，
车窗闪亮如镜中的灯，
伴着飞逝、往复的火。

早早袭来的困意让人
拉下皮革的遮光帘，

在众声喧哗里，
敏锐地觅到那首副歌。

没有睡去的人们目不转睛
盯着车厢顶棚的凹面，
被幽暗过滤的灯光下，
滑动的灯罩的流苏摇曳。

一件微不足道的事——一个未拧紧
的螺栓，突然，在谁的头下，
那严丝合缝的轮缘，那高速行进的铁，
跳下交了霉运的轨道。

夜色的平原起起伏伏，
电报搏动如心脏，
人们向手摇车猛冲，
黑暗里举起灯笼。

多么悲戚：夜露那般晶莹，
这里却满是残骸、火焰与哀哭……
难怪那位司机的女儿
做了个怪梦，梦见承托铁轨枕木的道砟，

梦中，弯道处呼啸着
冲来众多车轮，
一对天使将巨大的火车头
赶进劫难。

操纵节流阀的天使
狞笑着推起操作杆，
熠熠的翅膀闪着幽光
他凝望着疾驰而来的黑暗。

另一个天使，一个长翅膀的司炉工，
周身遍布夺目的钢一般的鳞片，
握着发黑的铁铲，不知疲倦地，
将煤掷进熊熊燃烧的火炉。

诗如画 *

致姆·瓦·多布任斯基 **

哦，回忆，具有穿透力的光线，
将我的流放易容吧，
洞穿我，回忆里
那彼得堡的云，仿若画艇，
航过长风浩荡的天穹，
那人迹罕至的背街的篱墙，
那神情温蔼的街灯……
我的涅瓦河上，重重暮色，
漫上心头，仿若铅笔
笔端倾斜勾勒明暗瑟瑟有声。

挥洒自如的画家将这一切
在我面前呈现，而我
感觉就在不久前
这缕风才拂过我的面庞，
他描摹的这缕风啊，

在翩飞的秋叶间，
在纷乱的流云里，
幽幽的吟唱流过码头，
朦胧里钟在絮语——
大教堂金声玉振的音律……

多么熟悉的庭院矗立咫尺，
啊石柱！若我能
跨过，攀进里面，小立
在那卧着雪沉睡的两岸，
在那原木紧紧堆积的地方，
在那运河的拱桥下，

那里卵石斑驳着蓝色，
要塞和涅瓦河闪着微光。

---

* Ut Pictura Poesis，语出贺拉斯《诗艺》361—365 行，“诗如画，或宜谛视，或宜远观；或于晦处最显其佳，或置明处无惧识者之巨眼；或一睹为快，或百看不厌”。

** Mstislav Valerianovich Dobuzhinsky（1875—1957），俄罗斯画家，以城市风光画著称于世。

琐　事

无足轻重——船桅的名字，方案——
有海鸥相随，我的人生高飞远翔；
甲板上，一个人，裹着旅行毛毯，
嗅着光芒——那是我。

我看见，光泽的明信片上，
海湾的堕落，蓝色，
皓齿的，小城，
城外无数的棕榈，我流寓的居所。

那一刻，不觉失声，我要给你看
我自己，我自己——在另一座城：
像鹦鹉用尖嘴狠命地咬，
我胡乱打开那本剪贴簿翻起那些明信片。

那一张——是我，提着幽灵似的手提箱，
是我徘徊在冰寒刺骨的街头

走向你，仿佛从屏幕上走来，
模糊，看不清。

哦，我意识到双腿，已是这般沉重，
那些列车已离我而去，
多少国度从不曾令我觉得温暖
我不在那里安身，就绝不从那里取暖。

坐在扶手椅里，那来自伊甸的旅人，
双手枕在脑后，吮着，
烟斗里的烟，吹着口哨
描绘他的至爱——某个热带的海湾。

大学*诗章

一

“这么说你是俄国人？我
还是第一次见到俄国人……”
那双活泼、微微凸起
的眼睛审视我。“你们
喝加柠檬的茶，我知道。
我还知道你们住的地方
有圣像和茶壶。”
一个俏丽的姑娘。不列颠的
柔辉洒满她娇嫩的肌肤。
她朗声笑着，话音干净利落：
“坦白说，我们的小镇有点儿闷，
虽然那条河很迷人。
您划船吗？”姑娘身材高大，
有点儿削肩，手也大大的，
没戴指环。

二

于是，在教区牧师堂，刚刚结识
的我们一边喝茶一边聊天，
我尽力做到滑稽逗趣。
那缭乱心思的、美妙的烦恼
遗落在她交叉的两腿间，
遗落在我偷觑的生动的双唇间，
于是，又一次，我赶紧移开
那厚着脸皮的注视。她，不出所料，
有姑姑相伴，尽管那位姑姑
忙着把自己那套左派行话叽咕个不停，
而和她抬杠的，是教区牧师，
一个腼腆的男子（喉结很大），
褐色的眼睛，有犬科动物的斜视，
时或被神经质的咳嗽噎住。

三

茶比慕尼黑啤酒有劲儿，
房间里空气雾绰绰的。
壁炉里的火苗慵懒地
闪着微光，像蝴蝶，在石间隐映。

---

* 即剑桥大学，纳博科夫曾在那里主修动物学（1919—1922），后转学法国文学与俄国文学。

我已待得太久——该告辞了……
我起身，点头，复点头，
我说再见但没把手推来搡去，
因为本地风俗如此要求；
我匆匆走下台阶，走
入二月天。
水自天上，无一刻停歇，
绵绵不绝直落两周。
古老的大学城愈益沉闷
是不是？

四

那些屋舍——一个
比一个清秀——的玫红
令在附近休憩的骑脚踏车人
叹赏；学院的院门边
主教在壁龛中伫立如石，
更高处，是苍黑如日的日晷；
是喷泉，泉声空灵冷冽，
是回廊，是篱墙，
是铁铸的带刺的玫瑰，
黎明的黑暗里
攀过它可绝非易事；
喏，就在那儿，下一道门，
是家酒馆是个古玩店，
墓园的石碑边，

是广场里兴旺的市集。

五

有大块的肉粉里透红，
有泛着光的鱼散发出的恶臭，
有刀子和罐子；和衣柜里
仍难以名状的上衣；
而在几个互不相连的、陌异的处所，
有些翘曲的书摊，
冷冰冰，一动不动，仿佛藏着
晦涩难解的炼金秘籍；
我有次碰巧在这些蠹简残编里
翻寻，那是冬日，
更添增了流亡者的忧伤，
天落着雪，像在某个俄罗斯小城，
而在一个神奇的柜台上，
我找到些普希金的诗文，
和一个叫达尔的人写的东西。

六

在广场崎岖的边线后面，
有家影院，向着那里
向着那雾霭深处我们漫步，
那里骏马在飞尘的漩涡中奔腾
驰过明亮的屏幕那方画布，

放映机如魔法般惊心动魄，
那里，伴着吻的剪影，
一切适时而止；
那里悲剧总沐浴着
醒世良言；
那里诙谐动人的查理·卓别林
乔张做致迈着外八字，
那里，有时，我们偶尔打个哈欠。

七

又一次，走过蜿蜒的小巷，
走过硕大年深日久的门——
恰在城中央，一个
理发店，牛顿在那儿刮过胡子，
笼着古老的神秘，
那家酒馆名为“蓝牛”[1]。
去那儿，去那溪流，屋舍，
已届百岁的赛马场对过，踏进
适应人类游戏需求的
深绿，平整的地毯。
一声钝响足球踢入
冷冷的空气。我被从俄罗斯
云间掷入这般天地。

---

① Blue Bull，羚牛的一种，分布于印度，因其雄性毛色呈蓝灰而得名。

八

一早，我跳下床
奔向教室，
披肩嗯哨作响；终于
冰冷的梯形教室肃静下来
这时解剖教授
走上讲台，大方之家
有空茫的孩子般的眼睛；
他用五颜六色的粉笔
一边在一个日本设计的交织错落
的血管模型或
人类颅骨上溯洄，一边
偶尔开句淘气的玩笑——
我们则答以顿足跺脚。

九

晚饭。王室气派的食堂
沿着与亨利八世膳厅相仿的光——
那紧绷的腿肚，那胡须——
皆出自华丽的霍尔拜因[①]笔底；
厅堂煞是巍峨，

① Hans Holbein the Younger（1497—1543），德国油画家、素描画家和设计师。英王亨利八世御前画师。木刻集《死亡舞蹈》为其传世之作。

唱诗班的楼座看去那般高峻，
永远幽暗阴郁
纵有紫罗兰色的火光，
滤过彩色的玻璃窗。
原色的长凳沿着原色的餐桌
延伸开去；我们坐在那儿，
穿着带黑头巾的修士服
喝打蔫的蔬菜
做成的过季的汤。

十

我住在一所古屋内，
可是，在荒凉的静寂里，
我却难于品味阴翳的神韵。
在古老的罗斯捕熊，
钦佩那位拳击手的际遇，
梦着古意大利的美
跛足的拜伦在这里度过学生时代
我记得他的烦恼——
为了减去点儿分量
横渡赫勒斯滂①。
我已对他的作品兴味索然……
所以务必请您原谅我不浪漫——
对我而言，济慈的花岗岩玫瑰

① Hellespont，即连接马尔马拉海和爱琴海的达达尼尔海峡。

更具魅力远胜造作的风涛。

十一

但在那些日子里想诗
有害无益。拧好铜螺丝钉，
以便，在水滴里，
世界璀璨地现出
精微——这一切占去我的时光。
我钟爱实验室里绿色的灯盏
排成静谧的直线，
综合表格的斑斓陆离，
仪器神秘的幽辉。
终日潜心显微镜
幽暗的深井，
你根本无法将我阻止。
哦，慵懒的卡利俄珀[①]，
是你毁掉了那没写完的诗。

十二

然而，有新的东西让人分心，
它在我记忆中闪现，
仿佛还未聚焦，随即清晰起来，
结果重又消逝。

---

① Calliope，希腊神话中司雄辩与史诗的女神，为九位缪斯之一。

我突然厌倦了这活计，
厌倦了针和螺丝钉，
观察模型里
刻板的滴虫的微光，
解开草蛇的肚肠。
实验室不再是天堂；
我开始遐想，怎样在教堂里，
她和我再相逢。

十三

看！现在聚焦了，现在看清了。
在那儿，宛若虹霓的光韵
流溢在栗色的发间，粗粗
描过的唇；像亮红的蜡
有着细细的纹。眯起眼
望向那片烟霭，她吸完烟，
总将金色的滤嘴拢进
烟灰碟……转瞬烟霭散去，
她的睫毛开始眨动，
她的明眸热切地顾盼，
我会最先垂下眼帘。

十四

她的名字不太可人

（尤其英语“维尔丽特”[1]的发音
对我们来说太难），
全然不像那种花，她目光
灼灼近乎丑陋，
且看什么，都欣喜，热切，
那湿润的凝视都会久久停留，
她的瞳孔好奇地张大……
可，她说话时，又轻又快，
与她的眼神迥然不同，
而我无法确知
我该信任哪个——是唇间缥缈的絮语
还是眼中的豪言。

十五

不过，我知道，那年
紫罗兰已至盛开的花期，
而她，一个英国女郎，该如何
享受她新得到的自由？
可是，还剩不足三年，
她就三十了，满三十了……
一切例行的痴与醉，
都来了去了像影子——
吉姆，那个足球明星，不见了，
还有乔，郁郁沉思的那位，

① Violet，意为“紫罗兰”及“腼腆、羞涩的人”，诗人在这里以花喻人，取义双关。

和约翰，弄微积分的苦闷英雄……
她挑逗，她拖延，和爱
虚与委蛇表面应承，
心里却等着别人。

十六

注定的一天终于降临；
他要走了，那缥缈的友人：
账单结清，试考完，
网球拍丝毫无损。
闪亮的锁利落地锁紧
满得要炸开的手提箱。
他要走了。行李
拿出了前厅。
笑语道别，汽车开走。
她凝望埃尘：
唉，好了——就这样吧。
像魅影飘过，新娘的面纱
重又徒然飘过她的梦……
空空的小巷，远了，远了，
传动挡那折磨人的声响……

十七

因那可恶的流感
她父亲，颇有声望的法官，

酒中圣手，解颐大家，
不久前往生彼岸，因而
维尔丽特和姑姑住在一起，
那位贤媛是英格兰盛产的
那种有学问的呆鹅——
跟她哥哥两样，嶙峋，高傲，
总是提着手杖，
向工人发表演说，
她尊崇文化上的典范，
内心却把哈尔科夫[①]
当成俄国将军。

十八

对她，维尔丽特不辩不论——
有时或许也想，转而又觉无味——
在有益身心的恬静里生活，
她不谙世故疏于俗务，
她越来越少忆起父亲，
而母亲则已忘记（我倒
借助影集熟悉了她——
熟悉了束腰裙
平顶硬草帽的时代。
最后一张快照：她坐在
长椅上，长裙下

① Kharkov，乌克兰东北部的工业城市。

影子在沙滩上流动，
她首饰素雅，眼神纯净，
手里握着槌球棒）。

十九

有那么两三次我也获邀
到她们府上一沐熏风，
而剧院里维尔丽特出现
在我身旁则纯属巧合
（学生们在演出《哈姆雷特》，
而天堂脱节了因为
诗人伟岸的身影）。
在如沸的晚街碰到，
这情形倒更常有，
成群的小贩高声喧嚷，
带着喉音吟诵新闻。
那是她散步的辰光，
一声招呼，一句别无深意的玩笑，
忧郁的眼眸流溢着璀璨。

二十

一次——而今仍历历在目——
三月初，一个飘雨的日子，
我们两个碰巧一起
去看场足球赛。

渐渐地，人越来越多；
总是有人踩我的脚
或撞我的肩；而且
人头攒动人越来越密。
我暗暗下定决心：
只待破门得分撼动看台，
我就去轻抚维尔丽特的手。
这时，穿着运动短裤，
裹着五颜六色的运动衫，
另一方的队员压了上来。

二十一

你的一个并不出众的追求者：
帽子下拘谨的唇，吞吐着
呛人的弗吉尼亚烟。但那时，
他双唇微启，拿掉了烟斗；
又过一分钟，他张大了嘴，
下一分钟，他纵声怒吼。
胜利激动起成百上千只手：
一个技艺高超的球员在运球，
仿佛燕子掠过田野，
两个家伙冲向他，他突然转向，突破——
干净利落——他一面奔跑，
一面用娴熟的脚趾一记远射，
那棕色的球应声入网。

二十二

我小心翼翼地探出手,
信念在我心内狂跳,
它反复对我讲:“去碰去碰……”
我碰了。甚至准备
倚过去,低语……可,她,
将自己微温的、不加回应的手
挪开,一句话也没说;
而当球入网,她却以悦耳
惯常的语调,笑道:
“看——他踢得比谁都差,
一个劲儿地跌倒,真逊……”
那一刻细雨丝丝飘坠;
回去时我们路过冲水沟,
黑色的叶子凋萎在沟边。

二十三

寓所。缀满徽章
的山墙,轩敞的门廊,
里面的庭园绿意依约。
一派宁寂。那里,是幽邃
的膳厅(如上所言),
枯瘦的侍者出入其间。
眼尖的门房守着大门。

为打扫学生哥儿
那些晦暗的巢穴，
自无法追溯的年代
就存在一小群老太婆；
其中一个总是光顾我的窠
给橱柜和靠墙的架子
掸一掸灰。

二十四

要断念不想这最终的画面
对我难乎其难。我的记忆
留存下她那老鼠似的碎步，
她那滑稽的、阴郁的帽子——
那种款式，也许，她祖母
就曾戴过——下颏上有
细细的汗毛……每个清晨，早早地，
伴着发黄的雾，
悄无声息，一身黑色，
她来了，带着点火的家什，
在那儿，像个碎布玩偶，在早晨
冰冷的壁炉前弯下腰。
她熟练地铺开焦炭，
从下面，刮出一团火。

二十五

这画面是如此折磨，

如此烦恼我……也许，
在她爸爸的烟草店，
在维多利亚时代，
她少女的玫红也曾
缭乱套着格纹马甲的心——
伶仃瘦长的学生哥儿的心。
当苍苍的榆荫下
鸣啭起夜莺的娇啼，
她曾邂逅像我一样的学生哥儿，
他和这青春蓬勃的姑娘一起
折下那波斯丁香的枝条；
她裸露的、扬起的颈上
将印下他燃烧的唇。

二十六

想象继续驰骋：
暗夜，桌边，灯盏……无眠
病弱的老人……静卧不动，
谛听夜的悄语：
实验室里意义重大的实验
已然开始……一点力气也没有……
她总是在上课时来，
将昨夜留下的凌乱——
燃剩的烟蒂，生锈的钢笔尖，
收进桶里带出卧室。
教授老了。即将

死去；他已忘怀
曾吸过的烟草的芳馨，
维多利亚时代啊。

二十七

她走了。门无声地合上。
煤熊熊燃烧。黄昏。厌倦……
因静寂而变聋，我，
吃着蛋糕——上面的葡萄干像胎记，
喝着茶，忧郁，无所事事，
壁炉里，温顺，温柔，
炭火两只后爪直立，
热度混着褪色家具，
这纹理粗糙的气味愈加浓烈，
在我老去的小屋里。
用热得通红的拨火棍
去透透炉膛，
去独自弈棋
或读书，写作——我当何为？

二十八

把平顶茶壶放在一边，
我拿起我忠实的词典——
与我的缪斯，那迟暮的佳人，
一起在难耐的倦怠里读，

在最后一册，在“吃白食”
和“伪君子”间查，
“沮丧：忧郁，消沉，厌倦；
烦忧，颓唐”。
然而我开始写诗……
于是，一两个小时过去，我
坐看炉火，推敲韵律，
忘却了维尔丽特——
瞧，像仙乐自天而降，
晚钟齐声鸣唱。

二十九

开着窗，我谛听
钟声；夜色里，大地
横过圣洁的四分音符。
遥远的塔楼上报时的钟声回荡，
塔楼记下节拍，随即，远处
响起另一声钟，愈加悲戚。
越来越凝重的楼宇，
罩上宁谧掷下的披风。我谛听——
一切静定。我的灵魂
已习惯这静定——
突然，和着雷鸣般的狂笑，
袭来摩托的罡风，
掠过萧索的巷弄！

三十

自那一刻我的灵魂更丰沛：
那段日子让我懂得只有一种
尘世的声音可以媲美上帝；
在那个小城在那些塔影间
生命之音是率意的喧哗，
浑融微醺的古意
与当下的活力。
这有益我的身心：我的灵魂
准备品味月下的一切，
古旧与新鲜。
可我和月光不相契，
我竭力避免忧郁……
哦，主啊，让我别去做诗人，
傻傻地将这尘世思忆！

三十一

不！书和睡意绵绵的扶手椅，
陪我，对着熠熠的炉火，
我不要，在无谓的忧伤里，
错失迷人的春日，
我受够了煤和劈柴
它们塞满炉膛——直到十月。
现在天庭敞开了，

看，第一朵璀璨的藏红花，
一如蘑菇，刺破青草，
明天，没有盈盈的泪，
没有勃勃的抑郁，
她将到来，率真不羁——
举止合度温文有礼的姑娘
与俄罗斯的春天全然不同。

三十二

此际，钟声回荡愈加清澈，
愈加高邈，借自己的职位
冷面主教将房间租与
燕子，空洞的喇叭声
在小巷的拱门间漂漾，
各式各样的车辆穿梭往来。
喷泉鸣啭，篱墙开满花，
草地网球——无邪的消遣——取代
喧闹的足球：穿着法兰绒裤子，整个世界
都去嬉戏。那一刻，最后一局
即将结束——却僵持不下，
我要去邂逅维尔丽特
我要吻她。

三十三

像最初一样，她羞涩地躲避

我的拥抱——仿佛受了惊吓，
举起胳膊抵住我的肩头，
她的眼眸多么狂野悲伤！但却
不是惊异不是愤怒，
也不是程式化的少女的恐惧……
我莫名所以……我真的
忆起那修剪得平整、时尚
的花园，六个白色的球，
一丛气势磅礴的杜鹃花；
攻防凌厉的球手，我忆起
草皮坚实的网球场，画着
白线，横着球网。

三十四

她对局疏懒——因而，打得——
不好；她不能飞跑，如羚羊，
她没有朗格伦[①]那般敏捷的双脚。
哦，我承认，我的朋友们，我爱
那全力、坚韧的一击，
爱那短裙及膝的女神！
抛起球，弓起背，
闪电般伸展，
用球拍，自肩膀

---

① Suzanne Lenglen（1899—1938），法国女子网球运动员。6次获温布尔登赛冠军。在1920年比利时安特卫普夏季奥运会上，朗格伦获单打和混合双打金牌。

飞掠球的后部，
前冲，呼啸着回防，
令人震惊地断球——
世间没有更甜蜜的消遣……
在天堂我们也定是在打网球。

三十五

砖楼立于溪畔，
常春和习见的紫藤，
织满窗间壁上。
奢华的厅堂里，
我记得有三幅画——
一幅绘的是十字架旁的马利亚，
一幅是身穿红色礼服的猎手，
第三幅是一组沉睡的狗——
除此之外，其他房间我都未曾见。
壁炉，铜烛台，
我想我还该提到，
琴罩下的自动钢琴，
以及考究的茶几下
啮合在一起的漫不经心的脚。

三十六

不久她就变得顺从……
我觉得，她的温顺

无可指摘。春天
不知不觉进入夏天。
我和维尔丽特漫步原野：
有时重重乌云被夕阳染红——
我强烈思念我的俄罗斯，
某种令人欲呕的热灼伤我的灵魂，
尤其当静寂的夜晚
蚊子在我耳畔
呜咽，我的胸膛因稠李
的芬芳而疼痛。
够了，有一天我定然回返。

三十七

那样的日子，那般的懒散，
有谁想要学习？可是，唉，
考期迫近，喜不喜欢，
我想我们都得花点儿功夫……
然而，书看似走味儿的面包，
又干，又硬，我啃不动。
我们克服了比那多得多的困难……
于是宴会上我头昏脑涨
为了术语和体系，
在这当中我还记起
前一天那亲切的船工
答应了我多好的船——
随后所有没读完的书

猛力合上，放回书架。时间到了！

三十八

那节日的、喧腾的河，
一片片翡翠般的
几何形草坪朝它伸展，
头顶的拱门向它垂首：
门下水路狭仄
幽暗，满是霉斑：两边
哥特式的城墙嵌入浑浊的水流。
仿若尘世之外的壁毯，
栗树盛开花儿覆着那座桥，
常春铺陈在几百岁的岩石上，
簇拥出它黑桃 A 的图案，
更远处，宛若狭窄的条纹，
河在墙与塔之间蜿蜒，
以威尼斯的慵懒。

三十九

彩舟，轻舟，独木舟；
留声机在远处，在鲜艳的
阳伞边，花瓣
化入绿意迷蒙的瀑布，
爱恋，睡意，人群，
穿过一座座古旧的桥，

穿过它们椭圆的清凉，
像梦一般，空幻而倦怠，
飘过这悠缓的细流，
与斑斓，直到，被
一弯深邃的曲流诱入
稠李旁一片幽暗的止水。
没有倒影，没有音响，
两个人在桤木下荡漾。

四十

酒，冷了的肉片，和靠垫，
维尔丽特的絮语，呼吸轻柔的慵倦的胸，
胸前丝质的披肩；
她的脸庞，从未染过红晕，
那一刻却在燃烧。粉红的栗树
在桤木的上空高高绽放。
微风正与湍流嬉戏，
小船上一路翻看，几乎弄皱
一本幽默评论；
随后在她悸动的颈上，
在她锁骨的凹处，
我印下吻，笑着，
望向：那彩色的靠垫，
她总是倚在上面，郁郁沉思。

四十一

她翻开一页评论，
目光仿佛凝住。
眼神落寞而忧郁：
她没看上面的字……
蓦地，从悸动的睫毛下
一痕明丽的光破茧而出，
沿着她红润的面颊，
一粒晶莹的、浑圆的泪珠滑落……
“为什么呀，告诉
我为什么好吗？”她
耸起肩，不经意地拭去
那闪烁的无言的泪珠，
悄然一笑，哽咽着说：
“我自己都不知道，我亲爱的……”

四十二

时光一点一滴逝去，暮霭
垂落。远处，牧场上
角声依约。世界一派
苍茫夕色。斑斓纤薄
　　而小巧的灯笼里
我点亮烛火，轻轻地我们帆向
雾霭深处——那难道不是你，

奥菲莉娅，或那只是留声机的唱针？
薄雾里，一个无以名状的声音临近，
溅起些许水花，
船影飘过，
如焰的水滴熠耀红色的柔辉。

四十三

也许那不是维尔丽特——
而是另一个人，在另一个夏天，
另一个夜晚漂漾在我身畔……
你在这里，不曾别离，
你在这里，伸出手
在朦胧的夜的静默里，
你重又爱我，
与你，在蜃楼在水湄，
我终于触到我的幸福，
可，感谢主，就在那一刻，
英国口音响起，
截断禁忌之思的急流：
"要靠岸了，亲爱的，当心。"
我双桨后划，触到了岸。

四十四

我们在长椅上坐了一会儿……
"哦，我的维尔丽特，可否别说

到了你该休息的时刻？”
她睁大了眼睛，那般潋滟，
她答道：“你自己看看，——
到十一点了。”说罢，起身，
给我一个临别的拥抱，
然后弄了弄头发。
“最后这一小段我一个人走，
再见。”她又变得冰冷，
凶巴巴的，莫名烦忧，——
说不清是哪一种……可，我是幸福的……
我在夜游者的狂喜里荡漾。

四十五

我走回寓所，醺然
于小巷怡人的怀抱——
我的灵魂是那般充实
我的语言却如此贫困！
身外——杳无音响与生灵，
而我假想，把一枚月亮，
和坦荡的人行路上的光斑，
用橡胶鞋跟捻灭——
我边走边唱“上天赐福”，
却没觉察厄运就要临头……
险恶，阴郁，
一扇隐秘的大门下，
突然晃出三个人影

三个最煞风景的家伙。

四十六

三人的首领——我们最冷酷的舍监：
举止，披肩，黑色的方巾
罩在头上——
他整个仪态——宛然严苛的申斥。
两个莽汉——他忠实的牛头犬——
分立在他两侧，正盯着我看。
他们赛似两个侦探，两个
为夜行者照亮的举火把的人：
粗壮，双下巴，穿着燕尾服
戴着高顶大礼帽。灰暗的灯影下
他们的猎物开始逃，
黑暗几乎并不意味着拯救。
他们藏着那般凶猛的耐力与速度。

四十七

我悄悄避开恶魔……
唉，我穿礼服是穿着玩的呀，
而在这里晚礼服要求
（见守则第某某款）
配方顶帽。转瞬
他们三人就将逼近我，
中间那人与我视线相遇，

询问我的名字，并将其记下，——
待他吐出一句礼貌的“谢谢”；
明天就会有申斥和罚金。
我僵住。一道发白的光
落在他们漠然的面孔上。
他们一步步挨近……于是我，
正如他们所说，撒腿就跑。

四十八

月亮……追逐……疯狂的梦魇……
我奔跑，沉默地闪避：
戴高顶礼帽的幽灵
的猛扑或夜的斗篷的恐吓，
或恍若一只手
戴着黑手套……差点、差点抓住我……
一切被月光淹没，
一切扭曲变形……
随着急忙地一跃
我结束了难堪的奔逃，
爬进学院的庭院，
那里没有滑翔的天使，
也没有诡谲的恶魔经过。

四十九

我气喘吁吁……心跳个不停……

夜压下来，无精打采地流淌……
我滑进浸透凉意的被褥
时已破晓，
我梦见了你，维尔丽特，
我听到你让我，“把大衣铺在……上，
不，不，不是这件——它太窄了……”
梦里，我们说着俄语，
梦里，我们亲切地
絮语，我梦到
你拿出些小木片，
将它们折断，放进炉膛……
爬上来呀，爬上来，不情愿的小火苗，
或者你愿意在烟中消殒？

五十

我起晚了，已过了上课时间……
小老太婆打理我的衣服——
她的刷子叩响纽扣。
我穿戴完毕，抽了一会儿烟，
打着哈欠去“独角兽”午餐，
突然约翰出现在门前！
我们已经半年没见——
自从他考完试再未碰面——
“嗨，真没想到会再见！”
“待不了多长时间，周六我就走了，
我赶着做完那些破事儿——

把最后的作业交给
这儿的贤哲们。”

五十一

我们在桌边坐下。几碟小菜，
一些闲话——说说鱼子酱，那俄国人渴念，
再聊聊鳟鱼蓝色的曲线，谈谈
谁是现在的网球冠军，
接着是呆气十足地
争论罢工，和那薄如空气的馅饼。
桌边，我们干完
一瓶可爱的格拉夫[1]，
又喝起诱人的阿斯蒂[2]，
我们开始刻苦用功——
讨论心脏跳动的空虚，
空虚的讨论旋踵而至。

五十二

“爱……”——他长叹了一声：
“我也曾爱过……是谁——无关紧要；
只待春天一过，
我就觉哪儿出了错；

① Graves，产于法国波尔多市格拉夫区的红葡萄或白葡萄酒。
② Asti，产于意大利皮埃蒙持大区阿斯蒂的白葡萄酒。

我的想象冷却，
我对她失去热情。”
他凄然地和我碰了碰杯
说：“那感觉真是太糟了……
比如，你俯向她，
你的眼睛像格列佛一样游移，
但见深沟巨壑与崎岖不平
亘于你曾魂牵梦绕的所在，
自此你只觉得烦厌。”

五十三

说到这儿，他陷入沉默。
我们一起走出俱乐部。说实话，
我有点儿醉了，
想回家。太阳很热。
林木熠熠生辉。我们默默前行，
这时，我那忧郁的同伴——
突然——在圣灵街上，
捏捏我的手肘，淡淡地说：
“刚才正要跟你说呢……瞧，
赶巧不巧，她走过来了……”
是维尔丽特，正朝我们走来……
美丽，幸福，阳光的溪流里，
她向我们微笑，走远。

五十四

奇怪，我竟被激怒，
不再醉步踉跄，不再
与我那不期而遇的同伴寒暄，
我闲荡了几个小时，然后——够了——
且去温书——因为从前我难得
温书，于是，终日，蓬着头，我沉浸在
课业里，不去想离开维尔丽特，直到，最后
（像划桨人因堤岸在望
而拼尽全力），
我整夜整夜地克书，
用冰块压紧额头。

五十五

考试开始了。连着
五个大热天。似火的
骄阳暴晒考场，热得透不过气，
以至有人晕倒，而我右面的
邻座佯装突发昏睡症
躲过了不及格。
就这样结束。母校
在每个幸存者额上
赐予临别的一啄；
我收拾好书和显微镜——

猛然想起维尔丽特，
就在那时我诧异地想到
我们之间隔了
多少神秘的世纪。

五十六

于是，我，被解放了的闲人，
携起我自由与饥饿的灵魂
航向别的海岸，
航向熟悉的港口，在某个办公室，
漠然的海征募
单纯如我的浪游者。
我已千金散尽：
只剩下两册
著名修士的肖像。
在那最后的夜晚，
在我们的草坪上，在
威尼斯庭院例行的舞会上，
我们起伏直到黎明。

五十七

长廊萦绕庭院。
蓝色的幽暗里
灯笼的花环闪着粉红的光芒——

埃俄罗斯[1]空灵的双翼。
这时音乐家加入争执，
绯红的光的扇贝里
五个影子激烈地运动。
可是，维尔丽特在哪儿？
忽然，我看见她，站在
明丽的灯辉里，
站在圆柱间，而舞台上，
某事即将结尾。
那缀着黑色亮片的连衣裙
也许和她不再相称？

五十八

我们坦然相对，
跳舞时我拥着她；
她沉默，不假雕饰，
恬静的容颜流溢着光辉。
她柔韧的腿回应着
我的腿的压力。
顺从激越与奔放，
一对对踩着草坪，
脚印弯曲如蛇，
萨克斯吹响主旋律，
然后是鼓槌，然后是喧闹声，

---

① Aeolus，希腊神话中的风神。

是铙钹的铿锵，
先一大步，再一小步，
夜为舞会击节。

五十九

有生命力的灵魂不会屈服于时尚，
但，有时，为了自由，激情
会遵循它的规则……
我喜欢狐步，坦率，温文……
喜作形上之思的人，定然，
会在其间发现我们时代的症候
——对喧闹的音乐的沉湎；
某个文艺淑女
或一角钱一打的江湖诗人
会为前代的舞姿叹惋；
但在我，坦率地说，
看一个粗鄙、肮脏的侯爵跳小步舞
我感觉不到一丁点儿魅力。

六十

乐队的音乐渐归悄然。柱廊下
我们漫步……
我们在台阶上坐下，她边喝着柠檬水
边说个不停。
我望向我们有趣的身影。

它们依偎在一起。“我明天走，维尔丽特。”
说来那么简单……
扬起眉，她向我微笑……
澄澈的微笑：“舞会后，
容易晚起，错过火车。”
音乐重又响起，幽幽咽咽，
我们再次起舞。

六十一

哦，停吧，停吧，我的告别舞会！
当欢乐的风将彩带吹落
到草地和橘子皮上——
在她的小屋里，
我的小老太婆想必已睡去——她睡得那么安详。
月色拥着她，她的连衣裙
像一缕黑烟卧在椅子上，
她的帽子像一缕黑烟搭在挂钩上；
闹钟在它的穹隆下闪着光亮，
滴答作响，毫不松懈；碗柜下一只老鼠
一步一拖地走，又飞快地跑开，而在静寂里，
在宁谧的鼾声中穷人的夜逝去。

六十二

我的小老太婆，正午时分，
为我送行。我，满怀怜惜，拧好

我的球拍，跪在手提箱上，将它锁紧。
走过角落，走过墙垣，我任我的灵魂我的眼睛
信步徜徉：
是的，都已装进行囊……再见了，我的巢！
我的小老太婆等在门前……
马达雷霆般的轰响——车轮驶去……
哦，好了，又一个人走了……一个新人
将搬进来，当十月来临——会有
一样的交谈，一样的垃圾在地毯上。

六十三

就这样了。再见，亲爱的声响，
再见，美丽的缪斯。
在我们离别前，我只求：
像你一样，时而低翔，
时而高飞，仿若燕子，在此世找到一个平易的词，
总能迅捷地懂你，
在飞蛾与锈不腐的地方，
珍爱每一刻，
祝福每个动作，
不许它冻结，
感知微微倾侧的地球
精妙的旋转。

蝴　蝶

……从远处你就可认出燕尾蝶，
认出它晴朗的、热带的美：
循着绿草萋萋的山坡它猛冲而下
栖止于路畔的蒲公英。
我网兜摆荡，棉布沙沙作响。
哦，黄色的精灵，你那般颤抖！
我担心撕落它贝齿似的小小边穗，
它黛色的，纤细至极的尾。
或者，偶尔在飞满金莺的公园，
在某个幸运的正午，炎热多风，
我将在芬芳里沉醉痴迷，
我将站在颀长、蓬软的丁香前，
深红间浅红与苍穹的湛蓝
比美辉映，
而，悬缀在花丛间，悸动着，
燕尾蝶，金翼的访客，渐染醉意，
而，目醉神迷地，风摇曳

在蝴蝶与馥郁的花丛间，
你瞄准，但是枝柯横斜，
你挥动——倏然间它没了影踪，
将网兜从里向外翻转，
唯有几茎折断的花冠飘坠。

托尔斯泰

学校选本中的一张照片：
一个老人，赤着脚。当初翻到那页时，
并未点亮我的想象。
与普希金相伴的则是另一番气象：披风，
悬崖，雪浪飞卷……“普希金”的名字
像常春藤，与诗一起，生长，
缪斯反复叨念那些名字，
那些名字在他四周喧嚣回荡：德里维格[①]，
堂扎斯[②]，丹特斯[③]——他一生戴着
浪漫的指环，从学生时代的迪莉娅，
到那声枪响，到那凄冷的决斗的日子。
传奇的光芒迄今尚未触到
托尔斯泰。他的生活并不能激扬
感奋，与他相关的人名字听来也尚不成熟：
随时光流逝他们定将博得神秘的盛名；

但那一刻还未到来：我提及切尔特科夫[④]
或将意味着狭隘诗之涯岸。
也有人会说，人们的记忆
必须失去与过往实物性的关联
方能化流言作史诗，
易喑哑为音乐，
而我们无从否认与他在时间上
有太值得炫耀的接近。或许我们的子孙
会以毫无理由的妒羡凝望我们。
狡黠的技术偶尔
可以人为地固化记忆。
留声机留存下
他的语调：他大声读着，
毫无抑扬，急促，含混，
读到“上帝”时有点磕绊，
于是重读一遍，再接着念下去——
有些沙哑，近乎愚钝的声音，
像往昔，入夜的车站，
你乘坐的列车叹息着停下，

① Anton Antonovich Delvig（1798—1831），俄国诗人，十二月党人，普希金的好友，《北方蜜蜂》《文学报》等著名杂志的发行者。在《致普希金》一诗中，他写道：“普希金！他没有退隐林间 / 竖琴仍使他激越地歌唱 / 庄严的阿波罗将从凡尘 / 请他永远安居在奥林匹斯山上。”

② Konstantin Karlovitch Danzas（1801—1870），俄国少将，普希金与乔治・丹特斯决斗时的证人。

③ George-Charles de Heeckeren d’Anthès（1812—1895），法国军人、政治家，普希金的连襟，在与普希金决斗时，杀死了诗人。

④ Vladimir Chertkov（1854—1936），列夫・托尔斯泰俄文著作的编辑。

某人在隔壁包厢里咳嗽，
在一个旧电影的卷宗里，人们说
（而今，它明灭闪烁，恍若与渐渐隐没的异象偕往）
有雅斯纳亚-波良纳[①]系列；
一个平淡无奇的老人，中等身材，
风凌乱了他的胡须，他步幅不大
越走越快，
摄影者惹他不悦，我们
却觉惬意。他可以接近，可以懂。
我们和他一起探访，和他并坐一处，
在这个天才身上没有望之俨然的东西，
当他谈及婚姻或为农民开办的学校……
让人觉得仿佛与他平等，
仿佛有权和他争论，
可以称呼他列夫或尼古拉维奇，
我们微笑满怀敬意一起讨论
他这样那样的观点……黄昏
俄式茶炊边絮絮地聊着；没有渍痕
的桌布上丽影翩跹
——宗教，哲学，国家——
谦卑的灵魂的喜悦……
然而还有
一件事我们就是无法重构，

① 俄语意为“空旷的林间空地”，是列夫·托尔斯泰出生、生活和长眠的地方，位于俄罗斯图拉市西南12公里。托尔斯泰称其为“无法访问的文学要塞”，在这里他创作了《战争与和平》《安娜·卡列尼娜》。

无论我们怎样在记事本的武装下，
俨若炉火边的记者，将他的灵魂
刺探。是某种隐秘的颤动——
精魂——我们无法抵达。
这玄奥几乎超越人力所及！
我是指托尔斯泰运思结撰的夜晚，
是指那神迹，那形象的
飓风如何飞掠浓黑如墨
的浩淼苍穹，在那创世的一刻
在那道成肉身的一刻……而，
那些夜晚诞生的人们都那般真实……而上帝
就这样将他的太初鸿蒙传给他选定的人，
就这样将那至福的特许传给他选定的人，让他
去开辟天地，去向那新造的肉身
吹入独一无二的灵魂。
他们跃然纸上，生机勃发，一切都活在他们身上——
他们的嗜好，他们的口头语，他们的道德观念：
他们的故乡就是那独具一格的俄罗斯，
深藏在我们心底的俄罗斯，那里
难以言诠的符号梦境依约：
百味纷陈、众声杂沓、细腻微妙的俄罗斯，
堆干草的日子里硕大的云朵飘过天宇的俄罗斯，
迷人的草甸里盈满野味
的俄罗斯……那为我们深深眷爱的一切啊。
他创造的人物，成百上千，
难以置信地出现在我们自己的生命里，
缤纷那追忆的遥远——

仿佛我们真的生活在他们身旁，
在不同场合，在人群中，
我们曾与卡列尼娜邂逅注目她乌黑的鬈发，
我们曾与小谢尔巴茨卡娅在舞池
共舞一曲她徒然保留的玛祖卡……
我感觉到那些韵脚，像花，在我身体里律动……
那翅膀隐形，我却听到它的召唤……
我知道死不过是某种边界，
然而我却将之视为特定的画面：
最后一页的文字已写定，
书案上的灯灭了。这景象
不住闪烁，被它的投影延宕，
然后，意想不到的，戛然而终……
他走了，这谨严的造物者
将存在的喧嚣，他所理解的喧嚣
过滤为澄澈的声音……
某天，一个偶然的火车站，他
转身朝向未知，奔赴善……
那里亘着夜，亘着静默与神秘……

夜行时，我无需
　　轮船，无需列车，
月光照着棋盘似的花园，
　　窗开着。我束装就发。

以惯常的默然——像只雄猫，
　　夜色里越过篱笆——穿过
窄窄的界河，没有护照，我的身影
　　纵身跳向对面，俄罗斯的，另一岸。

神秘，不会受伤，毫无重量，
　　我悄然走过连绵的墙垣，
月色里，梦从他身畔驰过，
　　边境的岗哨徒然瞄准。

我飞越草原，在深林间舞蹈——
　　有谁会知晓在这辽阔的乡间

有一个孤单的生命，
　　一个孤单幸福的公民。

沿着漫长的码头涅瓦河波光离合。
　　一切静凝。行动迟缓的过路人，
我的身影在孤独的广场邂逅
　　诅咒他自己的幻梦。

而今我来至一所并不熟稔的楼宇，
　　我认出的唯一的地方……
那里，在发黑的房间里，一切都变了，
　　一切都苦恼我的身影。

那里，孩子们熟睡。在他们枕头上方，
　　我俯身，他们遂梦见
很久以前，我玩过的玩具，
　　梦见我的轮船，我的列车。

致葡萄柚

璀璨的果子，多沉，多润，
一如皓月你闪耀着清辉，
并不甘美的醍醐绝世的舟楫，
白葡萄酒的芳醇清冽。

柠檬是叙拉古的骄傲，
蜜妮安折服于橙子的欣悦，
可只有你能为缪斯带来清甜，
当焦渴的她走下高冈。

天　蛾

悠长的雾色的黄昏，
我悄立，如在默祷，
年轻的昆虫学者，
在忍冬花畔，
多么渴望，不经意间，
在花丛中一顾
那迥出尘寰的斯芬克司！
蓦地一颤——我看到了它，
在某个角度我撞见了它，
魔怪已被我
薄雾般的网缠住。

四十三，抑或四十四年
已然逝去，我又将你忆起：
于是，没有缘由没有过渡，
你来了，往昔魂牵梦绕的人。

而今，过往的一枝一叶
都惹我憎厌，
感觉仿佛某个谄媚、蓄意的
鸨儿预先设计与你幽会。

但，尽管你的手指抚弄同一把吉他，
尽管又一次唱起“当日我是新嫁娘……”
却再不能以苍老的痛苦撕碎我，
而只是宣布你已逝去。

致薇拉

向那空无林木的草原，他们将他们放逐，哦，我的小丑们，
穿过峡谷沟壑，谪往陌生的哥萨克酋长的领地，
他们的几何学和威尼斯设计，
他们将称其为怪异的骗局，不过尔尔。

唯有你，唯有你，当他们经过时，心驰神往，
为那幽黑、湛蓝、橙红的菱形……
“不同凡响的书写者，N，——健壮，目空一切，
生就浩荡的从容，他……”

《诗与题》中的俄文诗

雨已飞过

雨已飞过，在飘飞中燃烧。
　　我踩着路上红色的沙。
金色的鸟儿鸣啭，花楸在绽蕾，
　　黄华柳上的柔荑多白。

空气清新，湿润，甘甜。
　　忍冬闻起来好香！
一片叶子叶尖倾侧向下，
　　坠落一粒珍珠。

致自由

你慢慢踟蹰在无眠的街。
哀伤的眉宇逝去往日柔辉，
召唤我们奔向爱与璀璨之巅的柔辉。
你颤抖的手持着熄灭的烛火。
曳着断翼迈过亡灵，
血染的臂肘蒙起眼睛，
又一次被骗，又一次出发，
古老的夜啊跟在身后。

我依然默不作声

我依然默不作声——在沉寂里变强，
未来著作的远峰，仍隐于
我灵魂的暗影中，
宛若山巅没入破晓前的薄雾。

我迎候你，我注定的日子！
天际辽阔，多彩，而光
渐渐亮起；我踏上，第一节，
和着跫音的台阶，盈满欣悦与惶恐。

酒店客房

不怎么样的床，不怎么样的长椅。
壁纸：一片狞厉的黄。
两张椅子。一面乜斜的镜子。
我们走进——我的影子和我。

我们打开曳着颤音的窗：
灯光的倒影滑落在地上。
无风的夜，远处的狗
吠声纷杂吠破这份沉寂。

静静地，我悄立窗前，
天空黝黑的碗里，
柔曼的月亮熠耀
如一滴金色的蜜。

普罗旺斯

我信步行过一条条巷弄，
倾听那古老的年代：
一样的蝉声曾在恺撒时歌唱，
墙垣间一样的太阳在攀援凭依。

水榆歌唱：树身婆娑着光影。
小店歌唱：当你拂动
珠帘，帘声琤玐——
裁缝一边引线一边歌唱。

镶着圆边的喷泉旁，一面
漂洗着蓝色亚麻布，村中的姑娘
一面歌唱，水榆斑驳的树影游过
石头，柳篮，和她。

多么欢欣，在这满蕴歌声的世界，
与壁间的白垩擦身而过，多么欢欣，
一个俄罗斯诗人迷醉在
鸣蝉蜿蜒的拉丁咬舌音。

洛林姑娘

英吉利人烧死了她，烧死了我的姑娘，
在鲁昂市集广场烧死了她。
行刑的刽子手卖给我一副黑色的甲胄，
一顶喙形盔和一根逝去的矛。

这里你与我同在，如铁的圣徒，
这世界变得荒寒。
倾斜的影子，盘旋的楼梯，
夜的天鹅绒钉满星星。

剥落的窗棂上方，我的烛光
在摇曳，蜡泪滴落飘带。
我们，这群勇士，随你驰骋，
你的旗帜缤纷我们的时日。

当黑夜除下面甲，
你悄然脱去男性的甲胄，
白皙、纤柔，燃烧
在你忠诚的骑士怀抱。

纹 章

我的祖国刚一后撤，
东北风就在咸涩的黑暗里袭来，
像钻石的利剑揭示
层云间星辰的溪谷。

我的怀缅，我思慕的痛，
我誓要经意地保有，
自我接受了流亡的纹章：
那有如丧服的原野上星辉斑斓的利剑。

母　亲

夜色垂落。他已被处死。
人群从各各他走下，迤逦
蜿蜒于橄榄林，像徐行的蛇；
母亲们目送约翰，催促、陪伴
苍白、憔悴的马利亚，下山
　　走进暮霭。

他把她扶到床前，然后自己躺下。
僵卧中听她辗转、啜泣
　　直至黎明。
她的儿子若和她一起待在家里，
做木匠活、唱歌，会怎样？那些泪珠
　　比我们的赎罪更珍贵，又会怎样？

上帝之子将于球形的光辉中复活，
第三天，异象现于墓前
迎迓那群主妇买了无用的没药；

多马将摩挲那泛着光的肌肤；
神迹的风使人发狂，
　　多少人将被钉上十字架。

马利亚，那渔人的幻梦
于你何干？无知无觉掠过你忧伤的
　　日子，无论第三天
抑或第一百天，他永远不会留意你的召唤
而醒来，你那黝黑的头生子
　　在拿撒勒，炎阳下，烘烤泥雀的头生子。

我喜欢那山

我喜欢那山，那裹着
杉林的黑呢大衣的山——因为
在这陌生的山国的阴郁里
我与我的家更近了。

我怎能不知那稠密的针叶，
我怎能不惘然，
当瞥见那草甸上的浆果
一路招展碧蓝？

幽暗、潮湿的小径
蜿蜒而上，越高，
越清晰——那自儿时起
就珍爱的北方原野的信物。

我们是否将这样攀登
天堂的山冈，在逝去的时节，
遇见生命中所有爱过
提升过我们的一切？

梦

我给我的闹钟设下
明天的早课，并向幽暗
放飞卧室如松开气球，
于是释然地步入睡眠。

而熟睡中，我被一缕
附带的困意攫住。隐约中，
我看见一张圆桌。我看不清
有谁坐在桌边。我们在等人。

一位客人有枚袖珍手电，
他朝门上瞄准，像拿着手枪，
身材越来越高，脸庞越来越鲜明，
我的一位亡友走进来，朗声大笑。

没有一丝惊诧我和他攀谈，
他生气勃发，我也不觉玄虚。

那曾致命的伤已自他额间隐去，
仿佛那不过是稍稍化了化妆。

我们交谈，我感觉怡然。这时，蓦地，
一个结巴，一阵突兀的窘，
友人将我拉向一边，
悄声解释些什么。

但我没听清。一阵悠长的铃声
就将一切召集就位：
闹钟背诵它的功课，
晨光刺入眼帘。

只在顷刻间，显露反面，
世界像猫一样飞落，四足
同时着地，喏，站在那儿
又是心与眼熟稔的模样。

可是，仁爱的主啊，——当白天偶尔
在某人的客厅，忆起那梦，
或，在某个军械作坊的窗前，
它忽地浮现在脑海——

谁不对冥冥中的诸神感恩，
当逝者能现身于睡梦，
谁被撼动的灵魂不骄傲于
那梦，那夜晚的壮举！

快　照

海滩，紫光蓝的正午，
假日的天堂，
脱去衣服的游泳者摄下
他幸福的家人。

站着一动不动的是他光着身子的小儿子，
他的妻子微笑着，
在炽烈的光中，在沙地极致的欢乐里，
浸没一如浸没于银盐。

那脱去衣服的男子
将照相机的单眼
指向洒满阳光的沙滩，
闪动它黑色的眼睑。

那段胶卷印下
它所能捕捉的一切，

一动不动的男孩，
他光彩照人的母亲，

一只玩具桶两把沙铲
和稍远处的沙岸，
以及我，一个偶然的张望者，
也被摄入背景。

下个冬天，某个陌生的房子里，
他们将把影集拿给祖母看，
影集里有张快照，
我会在里面。

那个“我”夹在陌生人当中，
在八月那天，
他们从未留意我的明暗，
他们白白窃去我的明暗。

在天堂

我的灵魂，在迢遥的死亡那边，
我看见你是这般模样：
一个外省的博物学家，
一个失落在天堂里的怪人。

在那儿，在林间空地，睡着一个狂野的天使，
一个半似孔雀的造物。
你用你的绿伞戳它
满怀好奇，

猜想先要
怎样就它写篇论文，
然后再——可是没有学刊
也没有读者在天堂！

你站在那儿，尚难置信
你无言的悲伤。

那蓝色的嗜睡的动物
你将向谁，向谁吐露？

地球，带着标注的玫瑰，
博物馆和做成标本的鸟都去哪儿了？
你噙着泪盯着
那未名的翅膀看啊看。

行　刑

有些夜里我一躺下
我的床就漂进俄罗斯，
随即被带入峡谷，
带入峡谷处死。

我醒来——黑暗里是把椅子，
手表和火柴放在上面，
熠熠的表盘，映入我的眼睛，
像手枪一动不动的枪口。

以手为盾护住胸和脖子——
它现在随时会响！——
我不敢将视线从圆盘
从那朵暗淡的火上移开。

手表的滴答声触及
冻结的意识；

我重新拥有我的流放，
这幸运的守护。

可是我的心啊，你将如何祈愿
它既已真的如此：
俄罗斯，星辰，行刑的夜，
开满金雀花的峡谷！

恋人幸福难眠

恋人幸福难眠；
时钟滴答；灰发的商人遐想
朱红色的云间起重机的剪影，
货物慢慢落入贮藏地。
阴郁的流亡者眼中，薄雾
如幻，青春以自己的色彩将其点染。

在日常生活的悸动与美
之中，一个画面时时处处
将我萦绕，折磨我要求我：

在书桌这座明亮的岛上，
打开的墨水瓶瓶面黯淡。
一页白纸，和绿色玻璃罩下
未关掉的灯。

和横在静静的仍空了一半的纸上的，
我有如黑色箭矢的笔，我没写完
的那个词。

莉莉丝

我死了。街上落满埃尘，
沿街的无花果和百叶窗
被热情的埃俄罗斯撩拨。
　　　　　我走过，
弗恩[①]们走过，在每个弗恩身上
我都似乎认出潘神[②]：
很好，我想必在天堂。

遮起她的脸，朝灼灼的太阳
露出黄褐色的腋窝，门前
站着一个赤裸的小女孩。
她在鬈发间簪一朵睡莲，
优雅有如妇人。她的乳头
柔柔地绽蕊，我遂忆起
尘世里我生命的春日，
透过河滨繁密的桤木
我能凝望磨坊主的小女儿。

当她步出水面，熠熠夺目，
腿间那湿湿的一簇如羊毛。

现在，仍穿着那件礼服，
昨夜被杀时的礼服，
眼中闪动浪子辣手折花的光芒，
我迫近我的莉莉丝。
她回首，她绿色的眼眸
望向我，我的衣服
着了火，瞬息化作灰烬
四散纷飞。
　　　　　在后面的房间，
你会瞥见一张凌乱的希腊卧榻，
小桌上有酒，石榴，
墙上覆着淫猥的壁画。
她用两根冷冷的手指
孩子气地拈起我已为余烬的头：
“现在跟我来。”她说。

无需诱惑，无需费力，
只凭悠缓大胆的欢乐，
对着我她渐渐分开
俏丽的双膝如张开翅膀。
啊多诱人，多美，

---

① Faun，罗马神话中半人半羊的农牧之神。
② Pan，希腊神话中半人半羊的山林和畜牧之神。

她那扬起的脸！借由性器狂野的
冲撞，我刺入难以忘怀的孩子。
蛇内之蛇，器中之器，
滑润熨帖的所在，我在她身内冲荡，
透过那不断攀升的痒预感到
无法言说的欢愉的勃发。
可是突然间她轻盈地退后，
撤走，将腿并起，
抓起面纱，缠在
自己腰间，
而充溢着力，行将销魂，
我却被抛在半途，一无所有。
我冲向前去。一阵怪异的风
令我蹒跚踉跄。“让我进去！”
我嘶吼，我满怀恐惧，看见自己站在门外
站在尘埃里，淫猥地颤声呻吟着的少年
盯着我被暴打的欲望。
“让我进去！”那山羊蹄，铜色鬈发
的一群数量在增多。“哦，让我进去，”
我恳求，“要不我会发疯！”
门依旧沉默，而当所有人都看见
我痛苦蠕动散落自己的种子，
我陡然明白我那是在地狱。

缪 斯

我忆起你的来临：一种生长的活力，
一种对未知世界的激荡。
月光拂过枝柯抚触露台，
在那里投下竖琴形的影。

于我，一个青年，抑扬格仿若某种装束，
太过粗陋不称你双肩柔软的温情。
但我稚拙的诗行音调谐美，
且以韵律的红唇粲然微笑。

那时多幸福。渐暗的书桌上
颤抖的焰凹入我小小的烛，
梦里，那页诗在玻璃下，
不朽，我的修订斗折蛇行。

而今则全然改观。我不愿
向晨星奉上我清晨的麻木。

任务繁多令我力所不及——
尤其不堪志向的熬煎。

我是行家，素朴，挑剔，
我琢之磨之的诗章比铜币还晶莹，
我们偶尔聊天，你和我，
像隔着篱笆两个乡间的老邻居。

是的，成熟如画，人们公认：
葡萄叶，梨，一剖为二的西瓜，
以及——艺境的极致——透明的光。
我觉着冷。啊，秋天了，缪斯！

柔柔的声响

当某个临海的小镇，入夜
天暗云低，满怀厌倦，你打开
窗——自远处
耳语似的声响流溢。

细细去听，听出
那是海浪在陆地上的呼吸，
护卫着夜色里
倾听它们的灵魂。

日间海的呢喃消隐，
但此时这不速而至的日子飘过
（叮咚作响仿若
玻璃搁架上空洞的不倒翁）；

无眠的沉寂里重又
将窗打开，宽些，更宽些，

你与沧海独对
在这浩茫安谧的世界。

不是那海的喧响……静夜里
我听到别样的回响：
我故乡的柔柔的声响，
她的呼吸她的脉搏。

其间汇入种种声响，
那么亲切，那么匆促地中断
普希金诗章的韵律，
记忆中松林的叹息。

那是安宁与幸福，
是流亡者的福音，
可那柔柔的声响白天却听不见，
它溺于忙碌与烦忧。

但在慰藉的夜晚，
在无眠的静默里，人不住倾听
他的祖国，倾听她的呢喃，
她永生的低吟。

雪

哦，那声响！从雪那边——
吱嘎，吱嘎，吱嘎，
有人穿着长长的毡靴走来。

粗壮，扭结成螺旋状的冰，
锐利的尖反转，自檐间垂下，
那片雪吱嘎有声熠熠闪耀。
　　（哦，那声响！）

雪橇在我身后，无须拖曳，
仿佛自己在跑：磕碰着我的脚跟。

我在上面坐稳，滑
下陡峭，与顺畅：
毡靴分跨两侧，
我紧握绳索。

每当我要睡去，
总不禁想：
也许你会抽暇
将我造访，
我裹得暖暖的、笨拙的
童年。

公　式

椅背上隆起
　　一件无指大衣。
渐暗的天色是骗人的：
　　想象使得它全都错了。

气流方才经过，
　　一个人的灵魂被吹入
流动着的正在打开的
　　玻璃密码。

被光过滤被编号的
　　器皿反射，
发胀或变平
　　在蒸馏器弯曲的臂里。

我的精神正化作
　　成千上万的环，

旋转　增殖
　　直至终于停止，

在最晶莹的停滞中，
　　是最卓越的零；
而在我的房间只有空空的
　　大衣隆起在椅背。

一页未完成的手稿

经营“沮丧”的诗人
反复跟美说：再见！
他说人世的日子只是
印在纸上的字被你一路
拾起（那撕落的一页——
来自哪里？你不知道而将它丢弃），
或者由夜入夜
短短的鸟的航程穿过明亮的门廊。

佐伊拉斯[①]（威严的无赖，
唯有利润的欲望将他撩动）、
公众，文人
（“荣耀”不安的承租者），
在我面前惶恐地卑躬屈膝，
因为我邪僻，冷酷，欢愉，
因为我在普希金的天平上

称量生命和荣誉而敢于
偏爱荣誉……

① Zoilos（前400—前320），古希腊犬儒派哲学家、修辞学家，因其对荷马的辛辣抨击而被称为“荷马之鞭”。后世“佐伊拉斯”成为“酷评家”的代名词，西谚有云：“每个作家都有自己的佐伊拉斯。”

空地上的黄昏

纪念 V.D.N.

灵感，玫瑰色的天穹，
幽黑的屋宇，一扇孤零的窗，
仿若燃烧。哦，那天穹
被燃烧的窗饮尽！
孤寂的郊野的垃圾，
野草纤小的梗带着泪，
幸福的颅骨，长而柔，
有如波索尔[①]的颅骨。
我怎么了？惘然若失，
在风与夕阳中感喟。
喃喃着，几乎晕倒
在这向晚的荒原。
我从没这样想哭过。
在这里，在我心深处。
将其完整展现的渴望，
虽轻轻蒙上泪雾虽那般颤抖，

我却从未这样强烈感受过。
宣泄吧，我珍贵的生命，
稳稳地倚向树干，
倚向窗，那依然超凡出世的窗，
或倚向那第一盏点亮的灯，
也许这世界是空，是残忍；
我一无所知——除却
为你这缕呼吸的缘故
也值得出生。

曾更自如更简单：
两个韵脚——和我打开的笔记本。
多么朦胧我与你初识
在恣肆的青春！
肘斜倚着诗
流逝如桥的栏杆，
我已想象我的灵魂
开始行进，开始悄然远逝，
无尽地漂向那些星。
而待至誊写清稿时，
魔力即刻被褫夺，
多么无助啊，
铅一般重的词你藏我躲！

我年轻的孤独

---

① 俄国狼狗名。

徘徊在夜里在静定的枝条间！
夜的惊异笼着那条河，
河水纤毫毕现地映着夜；
丁香蕊，我第一首生涩的诗中
苍白的恋人，
沐着瑰奇的月光！
缟素的公园中的小径，
——此刻被记忆拓宽，
加倍坚实、美丽，
老屋，窗前，煤油灯
不死的焰；
安眠中，至福临近，
远来的微风，空际的使者
终以越来越响的音声刺破密林，
攲侧枝柯——
所有时光似都已耗尽，
可你停步，至福重又照彻林间，
因它的眼帘不曾紧闭——而谁
都再也不能将它从你那里拿走。

一只炽烈的眼，闪烁着，
透过工厂形如手指的一个个黑堆，
望向有如野草的花，
和变形的白铁罐。
在空地那边在渐暗的埃尘里
我瞥见一只修长的猎犬，外套雪白。
走失的犬，我这样揣想。但远处响起

热切、温柔的口哨声。
在薄暮的微光里，一个人朝我
走来，呼唤着。我认出
你矫健的步履。离世后
你改变无多。

疯　子

凡庸生活里的街头摄影师，
而今的诗人，国王，帕纳斯山的独裁者
（既然被关过好一阵），
他于是言道：
　　我不希望为声名
折腰；它会心甘情愿奔过来。
我已忘记我的缪斯何门何派。
她的小路笔直、落寞。我从来不懂
为了用而囤积朋友。也从不知晓如何
狮爪拔刺。突然，天开始
下雪；奇怪！天上飘起玫瑰雪。

魅人的命运！我多么珍视
“敌人”那苍白的小小的微笑！我喜欢
麻烦“失败”，在他痛苦的梦里
多些我，我喜欢观察
嫉妒的骨骼，为其透视，

而若把照片举向光，就尽皆显现。

当我用谣曲讨好月亮，
门外的树焦躁起来，
因为它们正鲁莽地要竭力进入
我的诗章。我有权
统御全天下（它可不听命于我的邻人），
幸福轻灵地扩展，
我的脑海盈满璀璨，
完美无瑕的语言
来迎接思想，与她一起振翼远翔，
是以我一个词也不敢写下。

然而有时——哦，去做另一个人！快！
去做另一个人！裁缝，木匠——或者，比如，
一个行脚四方的摄影师：生活
在老套的故事里，拍别墅，拍
吊床里斑驳的孩子，
和他们沙滩上的狗与影子。

我多么爱你

几分绿，几分灰，亦即，
周身印下雨的痕迹，
菩提树的芬芳，那么醉人，
我几乎不能——让我们走吧！
花变重了，园中的小路逶迤花间，
让我们走吧，抛下这花园抛下这雨
在小路上悸动，亲吻
黏黏的泥土的雨。
让我们走吧，让我们走吧，趁还未太迟，
快点儿，披上披风，回家，
趁你还未被认出，
我狂野的人儿，我狂野的人儿！

自制，沉默。但一年年，
伴着树的微语鸟的鸣啭，
离别似乎愈加错了，
而错则似更其荒诞。

而我越发担心
我会贸然泄露与打断
那安静、艰深的言语，
它已刺穿我的生命很久。

在红颊的奴隶上方
天青得莹洁如漆，
充盈的云
带着几乎察觉不出的颠簸
　　行过。
我想知道，那里可有乌有之乡，
隐在——幽暗的一隅，
其间幽暗或将与羽翼晦涩的斑纹交融？
（尺蠖蛾遂不再抖动，
平展在覆满青苔的树干。）

斜阳多美！随即又是明朝，
而炎热势必持续很长时间，
预言完美地建基于
静止和小小的昆虫上：
悬在夕色里，
它们的触须不住地颤动
让人想起哑货郎手中
金色的玩偶。

我多么爱你！在这
向晚的风中，不时地

那灵找出罅隙与澄澈，
在这世界最精微的肌理间。
斜晖在树干间穿过。

我多么爱你！斜晖
在树干间穿过；它们
以火焰缚起树干。别出声。
静立在开花的枝条下，
吸纳——多舒展，多流畅！——
闭上眼睛，消解，悄悄地
　　化入永恒。

塞纳河畔的陌生女子

令此生怏怏散场，
对斯世一无所爱，
我久久凝视你倦怠
的脸颊那洁白的面具，

弦声，萦回，无尽逝去，
伴着你美丽的呼告，
那群苍白溺水的少女中
唯你最苍白最甜美。

至少在乐声中共我徘徊吧！
你的命运吝于欣悦。
哦，以你迷人的石膏般的唇，
以你夭亡后的半个微笑回答吧！

静定凸起的眼睑。
浓重黯淡的眼睫。回答吧——

这可否永远，永远？
啊，那眼眸，曾怎样顾盼！

柔弱年轻的肩多让人怜惜，
羊毛披巾围成的黑色十字架，
街灯，风，夜天的云，
那斑驳着黑暗的粗野的河。

他是谁，我恳求你，告诉我——
你那神秘的诱惑者是谁？可是
邻人一头鬈发的侄子
系着花哨的领带镶着金牙？
或是撒满星尘的诸天的委托人？
酒瓶间、球案旁、赌桌边的朋友，
或与我一样被诅咒的享乐的男子，
破产的逐梦者？

此刻，他整个身躯可在喘息，
他，可像我一样，坐在床边，
在悠长空洞黑暗的世界里，注望
　　洁白的面具？

黄　昏

黄昏，相同的长椅旁，
宛若置身青春的时日，

黄昏，你知道那温蔼，
伴着瑰丽的云和金龟子，

在那坐板半朽的长椅边，
高高地俯临那血色的河，

适如那时，那些遥远的日子，
微笑，背过你的脸，

如果那些久逝的灵魂
偶尔准予归来。

我们曾如此确信

我们曾如此确信生命的连续，
但如今回望——我却惊讶
你啊，我的青春，与我
在色调上何其不同，在特征上多么失真。

若有人探究那份延续，它毋宁像浪涛的薄雾
横亘在你与我、浅滩与沉没之间，
否则就是我从后面望着电线杆和你，
而你骑着准赛车冲入暮色。

你早已不是我。你是轮廓——是
随便哪个第一章的人物；可我们曾那么久地相信
从潮湿的谷地到高山的荒野一路了无断痕。

一夜之间怎么了

一夜之间记忆怎么了?
想必是下了场雪:那么静!
遗忘的学说对我的灵魂毫无用处:
问题已在睡眠中解决。

一个简洁、优雅的解答。
(这么多年我总在
烦恼什么?)一个人看不出起床
有多么必要:既无床,也无身体。

诗　人

从房间到门廊一盏烛火经过
遂又熄灭。它的印痕在眼瞳中游泳。
直至，蓝而黑的枝柯间，
无星的夜找到它的轮廓。

时间到了，我们将离去：依然青春，
携着尚未梦过的梦，
携着我们最后的诗章中那晨星般的韵律，
那韵律里俄罗斯最后的、依稀的辉光。

而我们并不懂——灵感——不是吗？
看似，我们将存在，我们的书将成长。
但离群索居的缪斯终于将我们毁灭，
而时间到了，现在，我们该走了。

这并非因为我们怕以我们的自由
冒犯好人们；而只是，时间到了，

我们该出发了——此外，我们宁愿
不看别人的眼睛看不见的一切；

不看此世一切的魅惑与痛苦，
那捕捉遥远阳光的窗扉，
穿着士兵制服的卑微的梦游者，
那高远的天穹，那专注的云；

那美，那责备的神情；孩子们
在捉迷藏，在厕所内外，
在夏日的黄昏里转来转去。
那斜阳的美，那责备的神情；

那重压、缠绕、伤害人的一切；
电子招牌的泪在对岸；
墨绿的奔波的溪流穿透薄雾；
我已无力表达的所有。

顷刻我们将迈过世界的门槛
进入一个地带——任你随意命名：
荒野，死亡，语言的否定，
或也许更简单的：爱的沉默；

遥远的车道的沉默，辙痕，
匿于宛若水沫的花底；
我沉默的国度（那无望的爱）；
沉默的纸片的闪电，沉默的种子。

致俄罗斯

你愿把我独自留下吗？我恳求你！
暮色惨白。生命的音声沉淀。
我无依无助。我将死去，
死于你奔涌的潮水失明的抚触。

他不羁地抛下自己的国度，
高原之上哀哭它的自由。
可如今我走下山谷，
而如今别来走近我。

我愿意永远隐遁，
无名地生活。我愿意，
为免我们只在梦中相遇，
誓将一切可以想象的梦抛弃；

愿意流尽我的血，愿意跛足，
愿意摒却我最爱的书，

好让第一个现成的习语
来交换我的所有：我的语言。

但为此，借由泪水，哦，俄罗斯，
借由两座遥隔的墓前的草，
借由白桦颤抖的斑点，
借由那自青春韶华就支撑我的一切，

以你失明的眼，你珍贵的耳，别再
注视我，哦，怜悯我的灵魂，
不要在煤坑中翻寻，
不要在洞穴里摸索我的生命。

因岁月与世纪已然流逝，
而对苦难，忧伤，耻辱
已太晚——没有人宽恕，
没有人扛起那过失。

眼　睛

一只孤零硕大的眼睛，
没有嘴唇，没有面庞，没有额头，
没有一丝血肉的光晕，
人现在最终不过是只眼睛。

毫无畏惧地扫视过
大地（全然不像
这个老怪物周身被大海点染
微笑着，太阳映在脸上），

他看到的不是山脉不是浪花，
不是熠耀的海湾，
不是无声的旧电影
充盈着云朵，原野，和藤蔓，

当然亦非客厅的一隅
尽是亲族铅灰色的脸——哦，不，

在他迁变的静定里，
他在那方面将一无所知。

实已一去不返，物质
与永恒的断裂；谁能在意
一个全知全觉的世界，
若是将“无”的首字母组成的花押字缀在那里？

声　名

一

这时，仿若踏着雪橇，一个角色滑入，
蜡似的，水蛇腰，红红的鼻孔满是煤烟，
我坐着，无法断定：这是人
还是没什么特别——不过是饶舌的尘埃？

像大呼小叫的乞丐，救济院里的害群之马，
像讨厌的旧校友，像密探头目
（沙哑、含混地低语："比如，在某某地方
你在做什么？"），像梦，

像密探，像刽子手，像讨厌的旧校友，
像有关巴尔干的中篇受到的某种影响——嗯——
象征派，只是更差。到处是物，物，
可以说，甚至……（如果你记得，

阿卡基·阿卡基耶维奇[1]对“杂草似的词汇”的偏好，
而他像个副词，我这蜡一般的客人），
我的心不住挤压，不住翻来覆去，
我再不能——当他的演说

清晰地滚落山坡，有如尖锐松动的碎石，
深藏的温顺的心必须倾听。
是的，着魔地倾听这愉悦的绅士，
因为它既无话语也无声名。

像廉价剧里对良知的嘲弄，
像刽子手，像战栗，像最后的晨曦——
哦，浪涛，更高地卷起！“静定”感恩
三段式音乐最微不足道的部分——不，尽已逝去！

我无法让我的舌头适应这些重音，
因为我的客人吐字发声——那么凝重，列位啊，
又那么欢快，而这惹人嫌的家伙穿戴起来，
巴拿马草帽，方帽，头盔，土耳其毡帽依次上阵：

各种有力论点的例证，
就外化思想而言亦如头饰？

---

① Akakiy Akakievich，俄国批判现实主义文学大师果戈理小说《外套》的主人公。阿卡基·阿卡基耶维奇是个庸懦的九等文官，节衣缩食做了件新外套，却被两个混混抢走，他求告无路，遂一病不起，化作厉鬼，专夺人外套。别林斯基认为《外套》是“果戈理最深刻的作品之一”，“全部俄国文学都出自果戈理的小说《外套》”。

或许——哦，那确有几分道理
若这小丑因此对我表明

我不断变换国家仿若伪币，
匆匆前行，不敢回望，
像截成两段的幽灵，像镜与镜间
辉映的烛火，航向低垂的太阳。

远了，那童年时啜泣的草地，
我曾在那里思念一位美少年，
更远了，那冷杉挺拔的小巷，
正午阳光以一痕痕火焰熠耀在那乌黑的条纹间。

但我之言，盘曲而成凌空的高架桥，
跨越世界，而借频闪飞转的轮辐，
我无数次微行探访
故国那火舌舔舐的夜。

我形如自己的偶像，一个巫师，
鸟首，墨绿色的手套，穿着缀满亮蓝色
鳞片的紧身衣。我经过。重读一遍，
沉吟片刻推敲诗句。

向非存在物陈辞，顺带提及，曳步而行者
绝非高架桥，而是云的队列，
被褫去最简单的可能的祝福
（用手触摸肘、双鬓和眼睛），

“你那些可怜的书，”他说得轻巧，
“最终将流离凋萎。唉，那本轻佻
的小说那两千页将四散
飘零；而真正的叶却有地方落：
有大地，有俄罗斯，
有被枫林紫色的血浸透的小径，
有交织着点点金色的门槛，
有沟渠；但你那些不幸的书

没有大地，没有小径，没有沟渠，没有
　　门槛，
它们将坠入空无，而你曾在空无中生发枝条，
一如市集里的托钵僧所为（也就是说，不无乔张做致），
而不久那枝条将在烟色的风中破蕊。

有谁，在某个秋夜，请告诉我们，有谁，
　　在俄罗斯的密林中，
在灯前，在他的外套里，
在抽纸烟的姑娘，各种各样的锯末，
和别的被照亮的看不清的东西间——有谁

会翻开摊在桌上的你的某部散文，
专心致志，读你，在雨的嘈切，
在奔向窗前的白桦的窸窣里
将你的书举到与它自身水准相当的高度？

不，广宇间没谁会提及
你的作品，哪怕一页都不会，
当下的野蛮人仍将栖居于他野蛮的蒙昧，
大草原的朋友不会因为你而忘记大草原。”

有首长诗，题目叫“声名”，也就是说，
声名是作者焦虑的问题，如何引起读者注意
这个念头让他烦恼不已……
“连这一点，怕是，也会永远销声匿迹。

所以跟着我说（就像有人搔那怡人的
痛处，搔到尽头，搔到极致）：绝不，
绝不让我的名字转瞬即逝，除非——
像星辰倏然穿过悲伤的云——

在某个专家的著述里，在关于墓园内的
移民这一论题的注解里，与我那些
学习拼写的同胞的名字并列，
而这所谓‘同胞’不过是地域强加给我的。

跟着说了？而且，不无活力，
你偶尔用与母语截然不同的语言写下的东西。
你可会忆起言说的苦闷中那些重负那些尝试
有种别致的茴香油的风味？

以及一种幻象：你在自己的祖国。是个大文豪。
高傲。不屈。可却无人敢问津。偶尔，

有篇译文或片言只语流传。有众多崇拜者。全欧洲都尊崇你。别墅在雅尔塔附近。成为英雄。”

二

听到这儿我大笑，我的笔尖霎时飞出
　　一行我最爱的抑抑扬格，
夜色里，令烟花璀璨，
　　伴着金色的题赠速度越来越快。

我高兴。我高兴“良知”，我那困倦的
　　沉思与规划的皮条客，
没明白这决定性的奥秘。今天
　　我真的高兴异常。

“轻—重—轻　轻—重—轻　轻—重”这最重要的奥秘——
　　我不必说得太过清晰；
　　我发觉有关读者、身体与荣耀的梦空洞可笑
　　即缘于此。

没有身体，我已传远，没有回声，我亦葳蕤，
　　我的奥秘永远与我相依相随。
一本书的死亡不足影响我，既然我与我的大地
　　的断裂都不值一提。

我承认夜已被恰切地译成密码，
　　而我用字母代替星辰。

我已切己了悟自我如何去超越——
　　我不必说得太过清晰。

不要相信通衢的诱惑，
　　不要相信那历代奉为神圣的梦，
在这偶像充斥的世界，
　　我宁愿做无神者，拥有不戴镣铐的灵魂。

但有一天打破那感觉的岩层，
　　深深降入我的泉源，
我曾看见，在我自己和世界之侧，映出
　　别的，别的，别的。

巴黎诗章

一

“绕开他们，只是不要把他们抛弃。”
他们是人。他们为他们的莫斯科悲戚。
考虑一下那个无赖的需求，
他曾同您一样是天使。

向尼坎德伸出翅膀，
向亚伯拉罕，弗拉基米尔，和里奥伸出翅膀；
以及奴隶，王子，通敌者，强盗：
他们曾是天使同您一样[①]。

整群人——向着陌生的火
（老头们那讨厌的脖子），
主人啊，我苍穹的主人啊，
为我之故垂悯他们！

二

离开那些彷徨者，那些无所事事的流浪人，
我时而匍匐离去，时而站起，
我终于飞翔——“消失”
在我的新乐园里找不到押韵的词。

那就是我何以凭勋位
铮铮锹锹进入你的厅堂。
好啦。我知道原因——
他们个个都得救！

你至少或可回想，或至少
屈尊略略一顾——此际
我依然对您诚惶诚恐（签名
难以辨认。夜。云泞的天）。

三

于是他无意去想，仿佛失重。
像继承人那样，他飞进自己。
夜在呼吸。窗帘扬起浪花，
而云应酬着云。

椅子。椅子上的他。床。床上

① 此句为法文。

又是他。镜子。镜中深渊里的他。
角落里的他。楼层里的他。在终点。
在他身内，在他身内。安全！

四

现在我们开始。沃尔夫，
巴黎皮埃尔·洛蒂街五号，
红发，瘦高，
土木工程师，五十三岁。

在他楼下住着我的主人公，作家，
我已经不止一次写过。
我的伙伴，我的老板。

五

看了眼手表，瞥见钟点下
点缀着水晶的表底。
他穿戴完毕，出门。他和我
表底有同样的话："奥维德
蕴满吟唱。"写诗这丑恶的劳作，
弄得人满脑子雾气和土块。
室外细雨蒙蒙，黑黢黢的大街上空
没有一点星光滤过栗色的雾。
而且定将无诗：我们无处
可去。他总是闲荡。
他不喜欢访人，

也不认识什么可爱的动物。

六

去和这与夜结为一体的石头结为一体。
去喝下这红酒，那个马车夫也喝这酒。
而婊子们，她们走起路来像鹡鸰。
而俄罗斯诗人沉入黑暗。

毛茸茸的猛犸象即将灭绝，
红眼的老鼠勉强活着。
无知的七弦琴的回声在这里浪游，
你走过邋遢的人群走向米歇尔大街。

从几乎丢生了的俄语
进入某种黑话。
切断脊梁的疼痛徘徊
在阿拉戈大街黝黑的深处。

难道俄罗斯最后一滴墨水
已然干涸？现在我们走吧。
可我们仍试图潦草地写下我们的签名，
用邮局笔尖歪斜的钢笔。

七

憔悴的巴黎在夜里是奇妙的。

听！黑黑的拱廊的穹顶下，
两壁如岩，以它们为屏障
小便池汩汩有声。

在那荒寂的飞溅里
有宿命和高峻。现在随时，
在奇与偶之间，在我与非我之间，
档案保管员将窒息和溺毙。

哦那些桥！那是永恒的至福，
黑黑的水的至福。看，何等景象：
无与伦比的药房的玻璃橱窗
充溢着橘色光芒的灯罩。

头顶——林林总总稍显逊色，
而望不到尽头，望不到尽头。只一片烟霭。
死了的月亮在贮水池中幻现。
它可是那个“我”？——已被放逐。

离死尚远（明天过后
我会把一切想透）；但不时地
某人的心开始嚷叫：作者！作者！
他不在家，先生们。

当我望向那钩青如瘀痕
的新月，从遥远的市郊，
传来一声哨音

——令人心碎的声响啊！——火车的鸣笛。

我从身体里抽出一张巨大
洁净的纸。一张
比我还大的纸，疯了似的
卷起，形如漏斗，吱嘎作响。

于是争夺变得混乱，
难解难分：我，乌黑的天宇，
我，灯光，和此刻——
而此刻已逝去。

不过谁知道呢——也许，它是无价的，
也许，有一天我会悔恨
曾如此残忍地
对待一张纸。

也许它们对我施了咒——
是那些石头和那遥远的哨音？
在人行道上摸索，我那揉皱了的
纸片我在黑暗中找到。

八

此生，样式丰富（生命
无法重复，因它会被给予

一个新的剧场，在那里饰演别样的
角色，以别样的方式），

而我所能选择的至乐则是：
这样折起它瑰丽的地毯，
以便今日的图案与往昔
与从前的样式相符，

以便重访——哦，不是
癖好筑就的庸常之所，
不是俄罗斯地图，不是
乡愁的遁词——

而是，凭借找到与远地的相契，
去再次造访我的喷泉，
去俯身发现儿时
缠结的线的头绪。

然后细心地打开自己，
像打开一个礼物，一个惊奇，
再一次成为这多歧的喧嚣的世界
中心。

借由明快的鸟啼，
借由窗间欢悦的菩提树，
借由菩提树侈靡的绿，

借由我身上身内的阳光，

借由奔过碧蓝径直冲向
我的皎洁的巨像——当我眯起眼睛——
借由一切光芒一切力量
去认出我的这一刻。

无论怎样

无论苏维埃的金箔
在战场上怎样闪耀，
无论灵魂怎样难抑悲悯，
我都不会屈服。我都不会终止

对无声的奴役对其肮脏、
野蛮与无聊的憎厌。不，不，我呐喊，
我的心灵依然敏锐，依然有流放的饥渴，
我依然是诗人，将我包括在外！

僭主咏

你们将（正如有时
　　人们所说）
大笑；你们将（正如通灵者
所言）大笑着咆哮，绅士们——
　　不过，以名誉担保，
　　我有个好友，
　　　　他
将兴奋不已，
若能和国家或别的什么企业的头
　　　　握手。

我好奇，自何时起
我们在心窝
开始漾起柔软的
泡沫，当我们透过观剧望远镜
看到大包厢里头发粗硬的大块头？
　　自何时起

当权者与祖国
这两个概念已等量齐观?

各式各样的罗马人和屠夫;
英俊的查尔斯和丑恶的查尔斯;
烂透了的王子王孙;丰乳的
日耳曼贵妇;形形色色的
食人者,情夫,伐木工,
　　约翰们,刘易斯们,列宁们,
坐在他们威严古旧的王位上,
　　肘撑着膝,喷出
一串酋长式的咕哝,一张一弛。

那位史家死于十足的厌倦:
步武马麦[①]的是另一个马麦,
难道我们的困境真的迫使我们仿效
　　那以一个个浮华的世纪
扩展自己有限的历史的
繁文缛节的华夏
(这,却,几乎并未
变得更好更快乐)?
相反,帝国的马车夫们神采飞扬
干起自己的活儿:天穹
的碧蓝向他们疾驰飞奔;

① Mamai(?—1382),青帐汗国和金帐汗国的军事强人可汗,其势力范围为今乌克兰南部、俄罗斯东部和克里米亚半岛。

风起处他们焰色的衣袖猎猎有声；
那位异国观察者作壁上观，看见
身前一双绝美的睁得大大的眼睛，
身后是卧榻垫与古怪的南瓜
美妙的浑融。
而那衣冠楚楚的大块头
　　要不然就是那裹着风衣的狼，
　　他的军帽上佩着德国的险峰，
　　嗓音嘶哑，面容扭曲，
　　从固定不动的折篷汽车里朝外说话，
或者，再来一次，宴会，
尝尝高加索葡萄酒。
　　不啦，谢谢。

如果那个在苏维埃
小布尔乔亚阶层的曙光里，
也曾搞过诗的
已经死了的和我同名的土包子，
　　一直活到它的正午，
他或许正在凑出牵强的韵脚，
　　比如“果仁糖”
　　　　或“风冷”，
诸如此类不一而足。

致 S.M. 卡楚林王子

一

卡楚林，我已接受你的建议
来参加一个博物馆项目
第三天了：在一个蓝色的
画室里，望得见涅瓦河。

你可怜的朋友扮成
一个美国牧师，
对所有达吉斯坦的峡谷
我寄上妒忌的问候。

因为冷，和假护照
引发的心跳，我睡不着。
对壁纸研究者
我奉上藤和百合。

不过他睡着了（蜷在沙发上，
膝盖紧贴着墙，
格子呢围毯裹在腰间）
——给我配的口译。

二

上个星期天，
蚀了
近三十年，我勉力
起床，快步走到窗前；

看见薄雾
笼着春日、晨曦
和哑默的楼影，
看见雾中我珍存的一切，

那么久了——像明快极了的
美术明信片缺了一角
（因为邮票的缘故
裁掉了那一角）；

当一切重现，
与我的灵魂是那么近，
我的灵魂，一声叹息，
像火车泊于田野的宁静。

我向往去乡村，
又怀着青春的柔情，
身体朦胧地渴望，
我开始思量，

怎么坐进火车，
怎么说服他——
双唇慢慢咂了几下，他醒来。
伸手去拿他的字典。

三

我无法就此打住，
整个人生的谜底都在这里，
像火车已泊进
田野肌理粗糙的宁静。

我想象鸟儿的那声“忒儿”
在城外，楼外（我关在里面，
结结巴巴），
五十英里外。

车站，斜雨
衬着幽暗的背景，
站内的丁香裙裳飞扬
在雨中已渐入粗鄙。

还有：皮篷俄式四轮大马车，
颤抖的溪流在车下潺湲；和白桦林中
所有细节；和公路左边
红色的谷仓。

是的，所有细节，卡楚林，
所有惹人怜的小地方，比如
鸽灰色的云的边缘，碧蓝的
菱形窗玻璃，叶子的涟漪间
树身的点画。

可是我怎么坐上当地的火车，
穿着这件外套，戴着这副眼镜
（手里拿着本西林的小说，
其实，一清二楚，让人一眼看穿）？

四

我怕了。那胜利纪念碑，
那月下，通向灯影的
漩涡，通向坚实的
水银的浪涛的台阶，

都不能掩饰——总之，
下次见面我会向你倾诉衷肠，
告诉你关于这新的、宽肩膀的
外省人和奴隶的一切。

我想回家。我受够了。
我能回家吗，卡楚林？
去我不羁的青春的草原，
去我所发现的得克萨斯。

我在问你：是不是
该回到弓弦的主题，或是
《无头骑士》[1]里
被魅惑地唤作“查帕拉尔”的东西。

以便在马塔戈达峡谷[2]，
在那炽热巨大的漂砾上沉入梦乡，
当水彩颜料灼烤脸上的皮肤，
乌鸦的羽毛粘在发际？

---

① 《无头骑士》为苏格兰裔美国作家托马斯·马恩·里德（1818—1883）的代表作。故事以美墨战争中的得克萨斯为背景。

② Matagordo Gorge，位于墨西哥湾，由得克萨斯州卡尔霍恩县负责管辖。

一如寻常的日子

一如寻常的日子。记忆打着盹儿。
寒冷沉闷的春天拖着沉重的脚步。
突然，一个身影在心底醒来，
呜咽着站起。

为什么而哭泣？我拙于抚慰！
而她却跺着脚，颤抖，
炽热地搂住我的脖子，在可怖的黑暗里，
像婴儿一样，乞求有人抱起。

拗体抑扬格

最后一次，叶子
从空气的指间飞过，
在雷雨到来前由牵缠至今的绿
化作素朴的银色，
这可怜的橄榄轻轻荡漾：
艺术的绿叶啊！看似词语，
再不值得抚弄摩挲，
若无流浪人
敏锐的目光与赞许，
若蚀沟不曾握住百合，
若雷雨不曾迫近。

何为恶行

何为我犯下的恶行?
引诱者,罪犯——我让整个世界
渴慕我那可怜的小女孩,
　　就给我这样的称谓?

哦,我深知我为人忌惮:
他们将我辈烧死因了种种巫师手段,
一如为空心绿柱石里的毒药丧命,
　　他们在我的艺术中丧生。

而,可笑的是,到最后的空格,
无视校对与我的时代的禁令,
一根俄罗斯枝条的影子
　　将在我手的大理石上摇曳。

自那灰色的北方

这些照片
来自那灰色的北方。

并非所有拖欠
生命都有时间偿付。
一棵熟悉的树
自那灰色里重现。

那是去卢加[①]的公路，
我的家屋我的梁柱。奥列杰日河[②]啊。
哪怕今天，
几乎从任何地方，
我都能找到家的方向。

就像这样，有时，会有个
小男孩，手握得紧紧的，
给海边沙滩上的游客

带来某样东西。

随便什么——紫色
边缘的鹅卵石，
幽暗的略带绿色的
玻璃片——他
都兴高采烈地带来。

那是巴季奥沃。
那是罗日杰斯特诺。

---

① Luga，俄罗斯港口。

② Dredezh，俄罗斯河流，位于列宁格勒州西南部，属于卢加河的右支流。

《诗与题》中的英文诗

一次文宴

到这儿来，我的女主人，脸上腾出
一则粉红的导言式的微笑，
恍若开花的果林之谷，
将两个名字的山坡连起。
我想请你，她喃喃着，吃吃詹姆斯医生。

我正饿。那医生看上去挺精神。他已读过
那本星期好书且甚为喜欢，他说，
因它雄健有力。于是我得享
一份丰盛的大餐。他那淡紫色胸脯
的妻子不断地向我，颇有礼貌地，我想，
用餐刀尖展示那最柔嫩之处。
我吃下——埃及黄昏美轮美奂的霞采；
和俄国人出类拔萃的作为；
我可曾见过什么波普林斯基王子？
是在卡帕拉贝拉还是芒通，他与那位王子结识？
他们足迹遍天下；他妻子

偏嗜人民，而他则以生活为癖。
一切顺利，厨艺不错，最可人的
是他坚果味的、松脆的小脑。其心
则酷似那亮晶晶的棕枣，
而我把所有饰钉在盘边收好。

冰箱醒来

哗啦!
假若黑暗能出声，它将这样嘶吼，
像巨人在刑讯室中醒来，他尽力去死
却死不成，尽力
不叫却即刻叫出声，
他要，他要，他要竭力
调整自己黑暗的灵魂去应对那唯一
真实的霜的迫切要求，
他喘息复喘息他粗声粗气他呼哧呼哧：
冰由水冻结而成；
易变的液体（见“冷藏”）
可蒸发为
一圈圈蒸汽，而在沸腾处，
液体不知怎的看似不对，
我想知道得多久
它会咕哝战栗噼啪作响轰轰隆隆；

斯卡德尔，举世无双的登山家[①]，失足跌倒，
半个世纪后人们发现他的遗体保存在蓝色的冰中，
他的身畔有他新婚的妻子、两名向导和一束枯萎的火绒草。
一个德国人曾证明我们看到的雪花
是星星的生殖细胞和未来的海洋生物；
抓住
这根线，抓住这根线，以免它的故事无从讲述。
让它从容漫步重击的痛楚
与二氯什么甲烷的恐怖，
一颗颤抖的洁白的心覆着霜沫，
新地[②]，小可怜儿，她的软帽上带着 B 字母，
炎热的公路上车罩里不知所措的蜜蜂。
制冷，一闪而过的张贴这样写，哦，看，
满是，
明丽的水果，火腿，一些巧克力奶油，
三瓶牛奶，都盛在敞开的白色的神的
微光里，那星眸熠熠的夫妇
小小的梦一般的厨房中的骄傲与欢乐，
它呻吟，嗡嘤，劳作，流汗——

① 指乔治·赫伯特·雷·马洛里（George Herbert Leigh Mallory，1886—1924），英国登山家，在尝试攀登珠穆朗玛峰途中丧生。

② Nova Zembla，位于俄罗斯西伯利亚北部海岸外，由南北两岛组成，在巴伦支海与喀拉海之间。

沙克尔顿[1]，干肉饼，企鹅，坡的皮姆[2]——
终于倾覆于这罪恶的
夜。

① Sir Ernest Henry Shackleton（1874—1922），英国探险家，想到达南极，曾乘雪橇穿过罗斯陆缘冰到达南纬 82°16′33″。

② Edgar Allan Poe（1809—1849），美国诗人、小说家。皮姆为其小说《阿瑟·戈登·皮姆》的主人公。小说中写到皮姆的南极历险。

发　现

我在一片传奇的大地里将它找到，
大地长满岩石、薰衣草和泥炭覆盖的青草，
在那里它陷于一方湿漉漉的沙，
一方被山隘的激流浸透的沙。

它的种种特质表明它尚不为科学
所知：形与影——那不同凡俗的色彩，
近似月光，若将它的蓝淡却，
那朦胧的下侧，那棋盘似的边穗。

我用针梳理出它仿若雕塑的生殖器；
已被侵蚀的组织再不能藏起
那无价的蛾，而今在凸面上涟漪，
澄澈的泪在被照亮的幻灯片上。

螺丝流畅地旋起；从薄雾里
两个琥珀色的钩对称地倾斜，

鳞片有如紫水晶的羽毛球拍
横越显微镜被施了魔法的圆。

我将它发现为它命名，我熟谙
分类得当的拉丁文；以此成为
一只昆虫的教父，最先
将它描述——我无需别的声名。

在别针上门户洞开（虽在酣睡），
而不为爬行的亲戚和锈蚀威胁，
在我们保存标本的隐蔽堡垒里
它将超越自己的遗骸。

那被朝圣者亲吻的黑暗的画图、宝座和石头，
那流传千载的诗行，
不过是模仿小小的蝴蝶身上
红色标签的不朽。

诗

不是你写下的那黄昏的诗当你吟哦
之时，
它的菩提树融入墨色，
而电报线横过它粉红的
云霓；

不是你身内的镜子和她娇弱裸露
的肩在那里依然柔辉流布；
不是口袋中的韵律哒哒的抒情——
那细细的音乐见证时光；

不是堆在雨中晚报
上的砝码和便士；
不是那肉欲之苦的魔鬼；
不是那些事物你以平易的散文就能说得更好——

而是那首诗，它从未知的高原奔流直落

——当你等待岩石自深处喷薄，
而去寻索你的笔，
随即战栗，随即——

在纷纭的音响里，词语的豹，
叶状的昆虫，眼中的飞鸟
融汇而成静默、激昂，
无上之意的拟型。

俄罗斯诗歌的黄昏

"……似乎是最好的列车。英文系的艾瑟尔·温德小姐会到车站接你，然后……"

——录自给一位来访的演讲者的信

今夜选定要讨论的题目
很普遍，虽然常不完整：
当玄武岩的堤岸变得太过陡峭，
大多数河流就会用上湍急的俄语，
孩子们在梦中也这样说话。
我的小助手在那幻灯前，
插入灯片再让彩色的光
将我的名字和诸如此类斯拉夫字母
的幻影投映到屏幕。
倒过来，倒过来，谢谢。

柔润的山冈上，那位希腊人①，如诸君所闻，
取资飞翔的鹤创制他的字母；

他的箭横越晚霞，然后是夜色。
我们素朴的天际，林木的风味，
蜂箱和针叶林的影响，
改造箭矢和那些借来的鸟。
嗯，西尔维娅？

“你为何提及词汇，
当我们想要的是已臻成熟的知识？”

因为一切相互依存——形与声，
石楠和蜂蜜，容器与内容。
不仅彩虹——每条线都是弯的，
颅骨、种子和一切美好的世界都是圆的，
如俄罗斯诗歌，如我们雄浑的元音：
那些彩蛋，那些熠耀的
将金色的黄蜂囫囵吞下的瓶状的花，
那些涵纳索端嵌环和大海的贝。
下个问题。

“你们的戏仿与我们的是否相像？”

哦，艾米，我们的五音步[②]
在不熟悉这一格律的人听来也许似乎

① 指希腊神话里的英雄卡德摩斯，腓尼基王子，欧罗巴的哥哥，底比斯城的创立者，相传他将腓尼基字母传入了希腊。

② 即一个诗行含有五个音步。音步是由组成诗行里重复的韵律单位中的强重音和相连的弱读音组合而成。

难以从它抑抑格[①]的梦里唤醒绵软的抑扬格[②]。
但请闭上眼睛去听诗。
旋律展开；中间的词那么长，
蜿蜒如蛇，令人激赏：
你听到一个节拍，但你也已听到
另一节拍的影子，然后第三拍
叩响了锣，然后是第四拍的叹息。

它造成极富吸引力的声音：
它慢慢绽开，仿佛古早时用于教学的胶片里
那略带灰色的玫瑰。

韵律是一行诗的生日，如诸君所知，
这上面成双配对有一定的惯例，
其他语言也莫不如是。譬如，
爱与血押韵浑然天成，
自然与自由，哀愁与迢遥，
人与永生，王子与泥，亦然，
月可与许多词押韵，但太阳、
歌、风、生、死却没有同韵的词。

我将权杖遗落在重洋那方，
我听到我斑驳的名词在那里嘶鸣，
柔软的介词拾级而下，

---

① 一个音步由相连的两个大体同样弱读的音节组成。
② 一个音步由一个弱读音节后跟一个重读音节。

踩着落叶，曳着它们窸窣的袍，
流音动词在 ahla 与 ili 间流动，
艾奥尼亚[①]的岩穴，阿尔泰的夜晚，
声响幽黑的池中“l”音亭立状绘睡莲，
我触摸过的空空的玻璃杯依然叮铃，
而今它被一只手覆住、死去。

“树呢？动物呢？您最爱的宝石呢？”

白桦，月亮女神，冷杉，圣女贞德。
像小小的蝴蝶幼虫系在它的丝上，
我的心从一枚死去很久的叶上垂下，
但依然悬在那里，而我依然看着纤柔
的白桦踮起脚立在风中，
冷杉林在花园尽头，
傍晚的余烬在煤渣里闪烁。

我们的诗在鸟兽群中徘徊不去，
夜的华筵，那歌者的鸟，最先莅临：
几十条嗓子模拟它的歌喉，
搬演它唿哨的，滴沥的，呜啭的，
如笛音如杜鹃如鬼魅的曲调。
但描述宝石的语汇寥寥可数。
我们不经营那随处可见的红宝石，
角度和光泽都有节制；

① 古罗马以降，艾奥尼亚在诗歌中为缪斯居所赫利孔山的代称。

我们的财富是隐秘的。我们从不喜欢
雨夜珠宝店的橱窗。

我的后背满是阿尔戈斯[1]的眼。我栖居于危险。
虚伪的影子与我交臂而过转身跟踪我，
留着胡须，扮作密探，
悄悄潜入，弄干一页新写的文稿，
戴上眼镜读那张吸墨纸。
在暗夜，在我卧室的窗下，
直到白昼迫近，带着瑟瑟的寒意和战栗，
他们小心地踟蹰或默默地走到门前，按响
记忆的铃声，然后逃走。

在魔咒打破前，允许我提及
普希金，漫长而孤独的路上
他在驿车里：打盹儿，醒来，
解开旅行披风的领子，
打着哈欠，谛听赶车人的歌。
虬曲蜡黄的灌木林，
硕大的云笼着无尽的平原，
歌声与天际无休无止地重复，
雨中弥漫着青草和皮革的气味，
满是啜泣和晕厥（涅克拉索夫！[2]）

---

① Argus，希腊神话中的百眼巨人。

② Nikolay Alekseyevich Nekrasov（1821—1877），俄国诗人，著名杂志《现代人》《祖国纪事》编辑，代表作为长诗《严寒，通红的鼻子》。

脉动的音节不断攀升
执迷地重复，让人焦躁，
可对有些人这节奏却最亲切。
恋人们相会在枝柯萦回的花园，
梦想着人类，梦想着不羁的生命，
他们的渴念在月色氤氲的花园里交织，
在那儿林木和心灵比生命更珍贵。
你们可以跟随这企望拓展的激情
纵览我们的诗歌。我们想要鼹鼠
借由灵魂某种崇高的突变
成为猞猁或化作燕子。
但对那被奉为神圣的不必要的象征，
自有供赤足行走的不无幼稚的小径相伴，我们的大路
却永远宿命地伸向流放的沉默。

假如今夜我有更多时间，我将
原原本本呈现这令人惊奇的故事——笨拙，
难以忍受——但我得走了。

我轻声细语讲了些什么？
我对藏在帽子里的瞎眼的鸣禽说，
避开我的拇指避开我打破的蛋
进入这顶溢满蛋黄的折叠式大礼帽。

现在我须聊赘数语提醒诸君，
我到哪都被跟着而空间是
可以折叠的，尽管记忆的赠予

常常并不完整：
一次在莫拉县[1]一个灰扑扑的地方
（半是城，半是沙漠，垃圾堆和牧豆树），
一次是在西弗吉尼亚（泥泞的
红色的公路穿过果林和
细雨的帘幕），它来了，那突然的战栗，
我能呼吸却不能看见的
俄罗斯的况味。某种湍急的言语被说出，
然后那孩子继续睡去，门闭紧。

魔术师收拾自己可怜的行头——
五彩的手帕，神奇的绳索，
二重韵，笼子，歌曲，
你可以告诉他你察觉到的手法，
但奥秘依然未被触动。笑盈盈
的来信里附着支票。

“俄语中您怎么说‘愉快的交谈’？”
“俄语里您怎么说‘晚安’？”

哦，会这样讲：
Bessónnitza，tvoy vzor oonýl i stráshen；
lubóv moyá，otstóopnika prostrée.
（失眠。你凝视的目光呆滞灰暗，
我亲爱的人，原谅我的变节。）

---

① Mora，美国一地名。

那个房间

夜色坠落，死寂的宾馆，
将死的诗人得到那个房间，
那里有两本号码簿——
一本天堂一本地狱。

房间里有镜子和椅子，
有窗和床，
拱肋处雨丝晶莹，店招滴血，
黑暗涌入。

没有泪，没有恐惧，只有
匿名混着宿命，
那房间，似乎屈尊俯就
扮作正常。

每当车辆
下意识地把夜撕裂，

四壁和天花板就亮起
光旋舞的骨骼。

俄顷，我住进那个房间，
同是鞭痕累累的笼中鸟，我
摸索着灯，发现一行字：
“孤独的，不为人知，不为人爱，我死去。”

以铅笔写就，在床的上方。
似是不够准确的引语，
出自大眼睛、饱读诗书的她，
还是肥胖的男子头发日益稀疏？

我问温柔的黑人女仆，
我问领班和他的下属，
我问晚班的前台。又毫不气馁，
问一个醉鬼。无人知晓。

也许当他找到开关，
看到墙上的照片，
痛骂那红的喷涌，
试图做秋的枫林？

艺术上追摹丘吉尔先生
全盛时的风格，
那些枫树排成二列纵队
从格伦湖向闲人莫入的休养所行进。

也许我的文本不够完整，
诗人之死，毕竟，
是个技巧问题，是利落
的跨行，旋律的突降。

此际生命在黑暗中
解体，房间化作
幽灵的胸膛，胸中的心
不为人知，不为人爱——却不孤独。

触摸之乐 *

某个注定的日子，
在你们报纸的社论版
会这样写：
“接触已经成年。”

当你转动把手，你的装置
将乖乖呼出
种种形式，一个布莱叶[1]的世界
——不可见而可触。

想想你真正触手可及
的所有东西！
幽灵似的瓶子，聊以慰藉
的药片，岸上清澈的肢体。

大大的触摸装置前聚集，
俱乐部和众多家庭随处握紧

那别无二致的简洁
的天堂（单就触觉而言）。

悸动的手指
会去爱抚丝发的柔软，
会去查究那在半空里
构拟的唇。

看那小男生，像失明的恋人，
疯狂地寻索
爱情的形状——却发现
不过是肥皂的轮廓。

* 原文为拉丁语。

① 19世纪法国教育家路易·布莱叶（Louis Braille，1809—1852）发明的为盲人所广泛使用的印刷及书写体系。

修　复

就想想傻瓜都能赶巧
撕破那“何时”与“何地”的网。
哦没入黑暗的窗！就想想
每个大脑都濒临断无大脑
能承受得起的无名的福祉，

要是没有什么好惊讶——
当你学习飘浮，
而，几乎不必练习，就学会
——独自，在明亮的房间里——
重量不过是你自己的影子，而你升起。

我的小女儿在泪水里醒来：
她幻想自己的床被拖进
一个昏暗的地方，那看似
她一切恐惧的深渊
其实是晓色初开。

我认识个写诗的，能剥去
威廉·退尔果或戈登·匹普果
的外皮，而全程无间断
在那旋转的手指间，
匪夷所思地亮出，

果肉的雪球。于是我宁愿脱下衣服，
翻个底朝天，撬开，探究
一切物质，探究你见到的一切
天际线和它最哀伤的树，
这整个无以言表的球，

为发现真实，发现那热烈的核，
就像古画里博士们的所作所为，
当他们一面擦掉那冷漠的门
或煤烟熏黑的帘幕，一面
把那带着点儿蓝色的珠宝修复。

杨　树

这座楼前有棵杨树，
我觉得它渐渐精于将水源觅取。

可它却那般叹息！而每夜每夜，
一身黑色的男孩子，一袭白衣的女孩子，

在我的床明亮的那一边
出现，不发一言。

在有椅套的和没椅套的椅子上面，
他们坐下，一个在这边，一个在那里，

我不想大吵一次：
我看着俗丽的杂志。

男孩用纤柔的膝将自己撑起
一株矮矮的杨树盆栽。

而女孩——似乎握着一面朦胧
的镶着象牙边的手镜。

将草坪，将她和我，框起，
在那株原型的树底，

在那柱廊前，最后一瞥
一九一七年，七月。

这是一线慰藉
是情感的误置：瑟瑟

树声最终轻轻叩响
的不是水源是书写者的过往。

注意：什么也不曾说起
我在床上看杂志

或《传家诗》，注意：
这是我的衬衫，那是我的外衣。

可更脆弱的先知啊，有人
告诉我起床把褶皱弄平。

在俄勒冈写下的诗行

艾丝美拉达[1]！喏，我们就在此处
歇歇，在这被蛊惑与赐福
的山林，在这被蛊惑与赐福的西部。

这里就连空气都更奇诡。
少女，漫游者，隐士
分享林野的幻梦与险危。

不意我竟相信你已离世！
（据说，在地牢里，
受尽酷刑才被扼死）但其实是——

青鸟自最青的寓言飞来，
熊和野兔衣着黑貂的外衣，
孔雀蛾在野餐桌上栖息。

挤在一起的路标柔柔地说起

墨林湖，卡斯尔溪，
和某个山峰（已被毁灭）。

你是否认识三叶草？
还有那穷人的黄金[2]，蒲公草？
（即便如此，欧洲已然终了。）

沿着泥炭向上，沿着烧痕
拉丁百合攀爬转变
成为哥特式的蕨类与冷杉。

玉米田已将大草原玷污，
可是峡谷朗声长笑！依然有林木
依然有林中的仙女。

我在那里休憩也曾在那里醒来
在那海的阴影里——在那海蓝色的阴影里[3]——
在那传奇的橡树的阴影里；

林木愈加幽晦，
幻影兰微光熠熠——
艾丝美拉达，永在，永在[4]。

---

① Esmeralda，雨果小说《巴黎圣母院》女主人公。
② 法文中蒲公英的别名。
③ 原文为法文。
④ 原文为德文。

模特儿颂

模特儿，我已随你，
在杂志广告里走过季节，
从草地上的落叶
到微风中的红叶。

从你百合般白皙的腋窝
到你有若蝴蝶的睫毛尖，
妩媚而又惹人怜惜，
傻且飒。

穿着齐膝袜和格子呢
站在那儿像充满寓意的象征，
双脚分开脚尖向外
——两手叉腰。

草坪上，戏仿
春天和它的樱桃树，

瓶边、栏前
处女练习箭术。

芭蕾舞娘，戴着黑色的面具，
在雪花石膏的护栏前，
“谁能，”有人问，
“把‘星’与‘不幸’押韵？”

谁能把乌鸫
想成黄鹂的负片？
录音带能凭倒带把
“偿还”换成“尿布”？

谁会娶一个模特儿？
杀掉你的过去，让你变得真实，
生儿育女，实实在在
挪出那些过期的《浮华》？

译《叶甫盖尼·奥涅金》志感

一

什么是翻译？是盘中
诗人苍白、怒目而视的头颅，
鹦鹉的叽喳，猴子吱吱的叫嚷，
和对逝者的亵渎。
你曾严厉斥责的寄生虫
被宽宥，若我得到你的原谅，
哦，普希金，原谅我的伎俩：
沿着你隐秘的花茎行进，
抵达你的根，以它为食粮；
然后，在新学的语言里
我长成别样的茎而将你
的诗章化作十四行。
化作我诚实的路畔的散文——
长满刺，与你的玫瑰血脉相连。

二

那倒影的词只能战栗，
如拖长的光线蜿蜒
于河流黑色的镜子，
涌动在城市与薄雾间。
捉不住的普希金！一意固执，
我仍将达吉雅娜[①]的耳环拾起，
仍和你那阴郁的浪子[②]一起漂泊。
我找出他人的错，
我分析头韵，
它雍容你的华筵，幽灵一样徘徊
在第八章伟大的第四节。
这是我的任务——将诗人的耐心
与学者的激情融汇：
鸽粪落上你的纪念碑。

① Tatiana，普希金诗体小说《叶甫盖尼·奥涅金》中的女主人公。
② 指叶甫盖尼·奥涅金。叶甫盖尼·奥涅金是俄国文学中第一个“多余人”形象。

雨

床多么飘忽，
入夜树打着手势，
　　雨声嘈切，
有若锡偶借由整齐的蹄声
踱过无尽的屋顶，
　　回向往昔。

古道上雨之骥
蹉跌、徐行复疾驰，
　　跨过多少岁月的萦结；
从未能抵达往昔深处那
最后的水洼，
　　因为太阳在那里。

长木谷园谣曲

那个星期天上午，十点三十，
两辆轿车开过小溪开进谷地。

艺·木，当地的花匠，站在最前头，
他的妻子（而今的林太太）和孩子跟在身后。

接下来，护林人看见
艺的父亲、继父和岳父。

三位老人走向林中草地，
艺驾车缓缓行过树声依依。

早晨那么美丽，明亮的云浮在远天，
孩子们和引人发噱者从车中现身。

沉默的艺·木，能盯着一个东西过一整天，
他注视瓢虫爬上花茎然后飞远。

波琳得了哮喘，保罗用拐杖，
他们是可爱的小捣蛋却不能跑得太长。

“我巴望，”他的母亲对蹒跚的保罗说道，
“有个男人能教你投球。”

沉默的艺·木拿过球将它抛向高处，
球从树边飞过被树卡住。

那沉郁的绿的朝圣者转身停下，
孩子们翘首等待，却没有球从枝头落下。

“因为年轻羞怯，我从未爬过树。”
艺沉吟；然后朝树上爬去。

不时看见他的肘或膝，
在那蓝与绿的七巧板里。

向上向上艺·木攀登复攀登，
树叶对质疑的风说“一定行！”

园林之冕啊！光的奔腾！
可以触及的苍穹啊！从容的飞翔！

他的孩子们在那棵树下围了一天，
“爸爸爬走了。”波琳下了断言。

没有谁看见天庭激动的众神
在如雪的云中迎候英雄来自凡尘。

艺·木的太太有点儿挂念，
他再没下来。他再未归返。

她在树根那儿发现了些变化，
孩子们渐觉无趣。保罗被蜜蜂螫啦。

那两个老头走来树下，朝上窥，
每人手里拿着五张牌，一个纸杯。

公路上的轿车停下，后倒，随之
沿着辙痕遍布的路颠簸着开进谷内。

那棵树下突然人声杂沓，礼俗之士，
渔人，满脸雀斑的男孩子的声音交织充溢。

有人提起蟒蛇和美洲狮，
形形色色的人络绎而至：

树医，侦探，消防员。
救护车停在舞动的树阴。

一个醉醺醺的流浪汉带着绳索和枪
来到现场为了看正义伸张。

探险家，林学家——尽皆到位，
还有个陌生苍白的姑娘蓄着吉卜赛发式。

从恐惧角到阿谀角，
每张报纸都将“迷失在树里的人”报道。

直上云天的橡树（那里是枭鸟的居所啊，
月亮在那里滴落黄金）被伐倒被搜查。

他们发现了些尺蠖，红颊的瘿瘤，
一个古老的巢一个新放进的球。

他们给树桩刷上清漆又立起告示和栏杆。
更衣室隐映在玫瑰和藤萝间。

艺·木太太，待孩子们夭亡，修润一番，
成了摄影师的新人如梦似幻。

而今林生林太，和四个老头，
像定期的游客常到谷内勾留；

午餐时大声咀嚼，上下打量，
然后洗手，开车回城。

未收入《诗与题》的英文诗

家　园

风林的音乐，一阕无尽的歌
在古老的闪着幽辉的林间空地里潺湲，
你踮着脚尖跟在我身后，时疾时徐，
走过多少阴郁的岁月……哦，弄伤
这些温柔的树是错的！我梦着，漫游着
在被太阳折磨的平野，行过一条条小溪，
一座座石头的灰暗的轰鸣的城。家园，
我壮美的家园只是一个词，
在凋萎的书页上在古老落满灰尘的书中，
哦，沉思的白桦！我记得那美丽的
时日：薇蕨；一匹绿色的有如黄金的母马；
像硕大的瓢虫一样的毒蘑菇；
童话般的小路；钟声，清远的钟声，和叹息；
奇思妙想的金鹰；镶着白边的蝴蝶
天鹅绒似的翅膀在天鹅绒似的银色花茎上翕合……
一切都已逝去。有谁在意，有谁懂得？

甚至上帝也不解……我看过神秘的大地，
我航向缥缈之乡，那蓝翼的浪在我身畔
打着漩涡。我在南方的海港
浪迹于醉酒的流浪人当中，
走过狭仄的街，芬芳
铺满月光的皎洁。在那里我曾呼唤、亲吻
那在律动的薄雾里摇曳的戴着面纱的女郎，
可我的灵魂是落寞的，而夜那么寒冷……
设若有时，在淡去的灯光里，
偶然的朋友们仍在絮聒，突然，我变得
焦躁复又安静——听啊，那就是
你，风林的音乐！

记　忆

像无语的船我们曾相遇于黑暗，
　　当某天诗人不经意的声名
　　向你呼出那几乎忘却的姓名——
我的歌的灵魂啊，我想让你遗憾，
因你曾拥有爱。你曾从我生命中撕落
　　璀璨的一页。假如我们必须分离，我要，
　　苍白的记忆在你心间抖索，
像月光点亮的飞沫在风岸上飘摇。

那首俄罗斯歌谣

我梦到些质朴温柔的事：
月光照亮的大路铃声潺潺，
啊，赶车人唱得多悲戚，
忧伤融为美膨起；

膨起，又遗落在月色空蒙里……
那歌者在叹息，那轮满月
悠悠地向他飘回，
袅袅的乐音，不绝如缕。

在遥远的他乡，在山冈平原，
我这样梦着，夜色蔓延——
记忆重又将其归还，
那久已失落的歌谣的呢喃。

最温柔的语言

我已对许多事物说起这个词，
它骗过双唇，从唇间溜出（于是：
“茶粉”也就是“再见”）——
家具齐全的公寓，街巷，
融入天穹的乳白的信笺；
衣服难得一见的单调的设计，
被隧道的喧闹打断的小说，
由一闪而过的树做注的小说，
和压扁的香蕉皮一起扔掉的小说；
灰暗的侍者与更灰暗的小城，
愈合的创口和没有拇指的手套；
还有那些抒情性的也许更具普世性
的事物，譬如爱。
于是生活成为一线无尽远退的
无尽大地……是的，就这样，
你悄声地说，挥一挥手，
然后挥动手帕，挥动帽子。

我已对许多事物说起这致命的词，
以我调弄得如此驯服的语言
因而——像那往昔卓绝的十四行诗人——我听到
它在后世激发赞美的回声。
但现在你也必须离去；我们就在这里作别，
最温柔的语言，忠实于我的，尽属于我的……
我要去摸索心灵和艺术，
我要重新尝试笨拙的石器。

流亡者

他碰巧是个法国诗人，那消瘦的
拎着本书的男人，下颏满布粗硬斑白的胡须，
　　你去哪儿都能遇见他，
穿过明媚的校园，经过覆满常春藤的墙，
那使他发狂的风（这让人忆起
　　雨果挺不错的一行诗），
在学院的杨树耐水的光泽面上不住制造蓝色的裂口，
　　木声萧萧，杨树将它们游移滑动的影子掷向
穿着花衣的年轻丽人，洒满她们的腿，当她们骑着脚踏车
碾过他的肩头，他的腋窝，他的心房，那两本
　　大大的书硌疼他的肋骨。

魏尔伦教过书。在英国
某个地方。而那伟大的波德莱尔又如何，
　　当他在自己比利时的地狱里独处？[①]
这枝常春藤像聋人的眼睛。
来吧，叶子，以“f”开头命名一个国度，
　　譬如，“分别”“弗相忆”。

于是他在朦胧里运思，梦幻地留意
他那在偷听的自我，那时，他身体隐遁
　　融入被阳光打碎的树阴。
本诗聊赠：林间那些可怜的椅子，一把
四脚朝天，半截陷进阴沟的淤泥，
另外几把聚空地。

① 1864 年，法国诗人波德莱尔（Charles Baudelaire，1821—1867）为躲债，出走比利时，冀以演讲维生。1866 年，在比利时圣卢教堂，诗人突然瘫痪，自此在喑哑中度日，直至辞世。

诗一首

他小时，常常跌倒，
躺在沙上或地毯上
很平很静直到知道
要做什么：起来或哭泣。

战斗过后，而今他躺在
山坡上很静很静——
却没什么要去决定，
他既不能哭喊也不能起来。

梦

“既然就要来临，那就
快些来吧。”我狂喜的灵魂说——
在这突然令人目眩的月景里，
自那嚎叫的洞，

独腿的孩子，嚎叫且大笑，
跳着，跳着，跟在
流血的、困惑的骨骼后面，
一具断肢独自走开。

也许窗影曾汹涌如潮
给黑暗一记耳光；
而那时我已拾起，枕上
那本沉睡之书，找到那个地方，

看见他踟蹰归来
自尘埃里，回到燃烧
的洞回到那三面墙的家——
那个孩子抱着一个新的、没有名字的玩偶。

蒲公英

月亮在草坪上取代太阳，
割草的人曾幸福地将它思念，
岁月在这里低首，一个孩子
蹲下又起身，握着星的绒毛。

月的诗行

拼写“夜”，拼写“卵石”：卵石在夜的一隅。
喏，板条箱里的鸡雏在孤独的驻地！这是
今朝深渊的 ABC，
我们必须学写绝世语。

注　释

我下面的这些主要与书目有关的注释，将与纳博科夫父子在此前众多出版物中的注释印在一起。弗拉基米尔·纳博科夫在《诗与题》（纽约：麦克格劳黑尔，一九七〇年）中的注释原封不动地再现于本书中，虽然它们由脚注变成了尾注（德米特里·纳博科夫的注释也是这样处理的），书目细节上的失误之处亦有所订正。这些注释给出了每首诗的写作时间与写作地点，而这些细节若有出处，则将出处置于其后的括号内。然后是该诗发表、出版的历史。德米特里·纳博科夫的译文如果以前发表过，我会注明相关细节。除非另外声明，弗拉基米尔·纳博科夫对《诗与题》中俄文诗的英译都首刊于该书。对本集中所有以俄文创作的诗歌而言，创作日期指的都是原作而不是译文的完稿时间。

在我编制这些关于书目与创作史注释时，迈克尔·朱利亚的《弗拉基米尔·纳博科夫：一部描述性书目》（纽约：嘉兰出版社，一九八六年）一书惠我良多，纳博科夫五卷本《俄文时期作品选》（圣彼得堡：宴飨出版社，一九九九至二〇〇〇）中的注释于我亦颇有助益，而玛利亚·玛利科娃编选的俄文本《诗选》（圣彼得堡：阿卡迪亚出版社，二〇〇二）则对我裨益尤多。然则，我也尽己所能通过查阅《舵》《纽约客》和其他报章杂志的存档，以及核对纽约公共图书馆中的“博格集藏”中的手稿来检核书目细节，于必要处加以修正。有些细节一直无法核实，比如发表在《俄罗斯回声》上的诗作就属于这种情况。过去，我接触不到纳博科夫写给母亲和妻子的信件，只得仰赖玛利科娃的研究。以前的出版物，譬如一九七九年的《诗集》和玛利科娃二〇〇二年编选的《诗选》，若给出了我无法从手稿中核证的创作日期，我就把该出版物的名称放在括号内作为出处。玛利科娃偶尔会交代日期的出处，例如源自纳博科夫的某通书札，这种情形下，我会将她对出处的描述附录在本书中。对于有些早期诗作的写作日期应持审慎的态度，因为时常难以弄清手稿页尾所署日期对应的是革命前的儒略历还是革命后的格里高利历。在两个可以替换的日期同时出现的地方，则以斜线将两者隔开，斜线前为儒略历（用于革命前），斜线后为格里高利历。

纳博科夫很多俄文诗最初发表于《舵》，一份由他父亲参与创办的服务俄国流亡者的报纸，以及其他由俄国流亡者主持笔政的杂志，例如：《今天》《俄罗斯回声》《最新新闻》或《时代春秋》——这本“厚厚的杂志”发表了他的《大学诗章》和多部小说。流寓美国后，纳博科夫继续在俄国流亡者主办的——譬如纽约出版的《新评论》——报章杂志上发表作品。他在美国写的英文诗作主要刊载于《纽约客》和《大西洋月刊》。纳博科夫在报章杂志上发表的俄文诗，在他生前尚未结集成书，其中一些收入一九七九年付梓的《诗集》。那之后，五卷本《俄文时期作品选》和玛利科娃的《诗选》——这两部里程碑式的著作令纳博科夫生前发表的绝大部分（但非所有）俄文诗作皆可读到。玛利科娃的《诗选》中还重印了纳博科夫生前梓行的英文诗集《诗集》（一九五九年）及《诗与题》（一九七〇年）未曾收录的九首英文诗。

从手稿到在报章发表，再到流亡时期结集成书，然后在“二战”后付梓出版，纳博科夫对诗作做了很多改动。本书不是十足的学术版，因而我没有胪列标点上的每个变化，而是注出在我看来特别有趣和有意义的文本差异。就俄文诗而言，这些差异不无用处，若是读者通晓俄文，可以复勘几种俄文版——一九七九年版《诗集》《俄文时期作品选》及玛利科娃《诗选》——的文本异同；在英文诗方面，本书中的文本可供查勘。纳博科夫二十世纪二十年代的很多诗作或诗节要么以省略号的衰飒完篇要么以感叹号形式化的激情卒章——像在英文诗中一样，省略号和感叹号在俄文诗中也有漫长的历史。在一九五二年版《诗集》和《诗与题》中，纳博科夫常用简单的句号取代省略号和感叹号，借此令他的诗具有现代性。这种修润在《诗集》中犹有体现；多半，似乎，纳博科夫并未参与。现代俄文版的编者也每每在将标点悄然更新后印行这些诗。然则，这样的变化极大地改变了诗的情感与意义，故而，尤其在这些方面，我将种种变易一一注出。

在引用纳博科夫在一九四九年一次朗诵会上对他自己诗作的评论时，我依循玛利科娃（由我自俄文译出），该文以《札记：一九四九年五月七日与作者一道朝向黄昏》为题收入《弗·弗·纳博科夫：是与非》（圣彼得堡：二〇〇一年）第二卷，一二四至一四四页（下文简称《札记》）。援引纳博科夫信件中涵括的写作信息时，我同样步趋玛利科娃，其中，西蒙·卡林斯基收集了纳博科夫与埃德蒙·威尔逊之间的信件，编成《亲爱的邦尼—亲爱的瓦洛佳》一书（伯克利：加州大学出版社，二〇〇一年）——下文简称《亲爱的邦尼》；德米特里·纳博科夫和马修·布鲁克利编选的《书信集：一九四〇至一九七七》（圣地亚哥：哈考特出版社，一九八九年）。

德米特里·纳博科夫所译诗

《音乐》

1914年夏，本诗作于纳博科夫位于维拉的自家庄园。其俄文稿迄今尚未发表。本集中的译文为首次付梓。

《革命》

本诗写于1917年。诗的本文录自科尔涅伊·丘科夫斯基《楚窠志谐》手稿，而非其1979问世的刊行本。1989年，本诗由E.Ts.丘科夫斯基最初发表于《我们的传统》第4期，第71页。译文最初发表于《巴黎评论》第175期（2005，秋冬专号），第171—173页。

《彼得在荷兰》

本诗完稿于1919年3月17日，1923年首刊于《天路》，而《天路》版中本诗第五行前的破折号不见于玛利科娃编本。译文最初发表于《纳博科夫学刊》第51期（2003，秋季号），第4页。下文为德米特里·纳博科夫所写的译者案：

> "木匠"指彼得率"大使团"进入荷兰时假托的身份及化名"普洛特尼克（意为：木匠）·彼得·米哈伊洛夫"。应该指出，彼得远赴荷兰的主要原因之一是为学习造船术，以便创建俄国海军，而十七世纪晚期造船技术的重头不消说仍是木工手艺。

《最后的晚餐》

本诗完稿于1920年6月12日；1918年以《克里米亚》为题

收入《诗集》。1921年4月29日首刊于《舵》第136期，第2页；1923年再刊于《天路》；1979年收入《诗集》。译文最初发表于《纳博科夫学刊》第60期（2008，春季号），第6—7页。刊于《天路》时，本诗第一、第二、第五行均以省略号结尾。

《复活节》

1922年4月16日首刊于《舵》第431期，第10页，无献辞。1922年再刊于《一簇》，亦无献辞，1979年与献辞一并收入《诗集》。译文最初发表于《卓行》第13期（2003，冬季号），第12—13页。纳博科夫将这首诗题献给父亲，弗拉基米尔·德米特里耶维奇·纳博科夫。1922年3月28日，弗拉基米尔·德米特里耶维奇·纳博科夫被一名君主主义者误杀。刺客本欲行刺保罗·米利亚科夫。

《王》

本诗1923年4月8日首刊于《今天》第72期，第5页；1979年收入《诗集》时，删去了标题。译文最初发表于《纳博科夫学刊》第24期（1990，春季号），第46—49页。收入本集时有修改。在手稿中，诗的第2行和第8行皆以叹号结尾。在自编《诗集》及玛利科娃编订的《诗选》中，本诗的完稿日期均为1923年12月7日，然揆诸发表时间，此说有误。

《圣约瑟的眼镜》

1923年5月6日，本诗最初发表于《舵》第739期，第2页，为组诗《六步格》中的一首。译文最初发表于《纳博科夫学刊》第54期（2005，春季号），第4页。

《“像苍白的晨曦，我的诗听来那般纤柔”》

本诗写于1923年8月31日，后收入1979年《诗集》。译文最初发表于《纳博科夫学刊》第43期（1999，秋季号），第16—17页。

《莎士比亚》

本诗的两份手稿完成于1924年2月28日，题为《莎士比亚读后》，首刊于1924年《火鸟》第12期，1979年收入《诗集》。译文最初发表于《纳博科夫学刊》第20期（1988，春季号），第15—16页。收入本集时，第48行诗由“在远方，逸去，含着笑”改为“在远方，含笑，逸去”。在两份俄文手稿中，第7行的“老到”（cunningly）在发表时改为“从容”（easily）。

《骰子》

1924年3月9日，本诗最初发表于《舵》第992期，第2页；1979年收入《诗集》。译文收入本集时为首次付梓。

《圣彼得堡》

1924年5月26日，本诗完成于柏林。同年6月1日首刊于《舵》第1061期，第2页；1979年收入《诗集》。译文最初发表于《纳博科夫学刊》第42期（1999，春季号），第6—8页。下文为德米特里·纳博科夫的译者案：

> 韵式与行尾饶富生趣的变奏是这首诗的特点：其第一、第三诗节为传统的abab，FMFM韵式，而第二诗节的韵式则为abba，FMMF，到了第四诗节，韵式又变为abba，MFFM。译文保留了原诗的节奏，并尽可能地依循原韵。

（第 1 行）“莱拉”这个在波斯或其他传奇中时常出现的名字源出阿拉伯语，但在此处则是用于点染几许浪漫的意味。

（第 5 行）“篱鹰”是种“鹰形饰物，立于夏苑一处铁篱的顶部”。

（第 8 行）“留有普希金的肘痕”的花岗岩是“与夏苑毗邻的涅瓦河码头上的防浪墙。亦可参看纳博科夫 1937 年的讲座 / 随笔《普希金或真实的与可能的》，该文的英译稿 1988 年 3 月 31 日刊于《纽约书评》”。

（第 12 行）“漂漾的布告牌”：“丰河是涅瓦河的支流，从夏苑边流过，与那条更大的河成直角；丰河上终年系泊着渔船，人们从那里买鱼（鱼养在水下的鱼篓里，甲板上有个长方形的口与之相连）。‘漂漾的布告牌’是指船顶的广告牌。”

（第 16 行）“金色的轻埃”指“干燥的、化作粉末的马粪”。

《黄昏》

本诗完稿于 1924 年 7 月 10 日，1979 年收入《诗集》。译文首刊于《卓行》第 13 期（2003，冬季号），第 16—17 页。译文的初稿曾收入 G. 吉比安同 S.J. 帕克合编的《弗拉基米尔 · 纳博科夫的成就》一书（伊萨卡，纽约州：康奈尔大学出版社，1984 年版，168—169 页）。

《卜》

1924 年 8 月 26 日，本诗首次发表于《今天》第 2 页；1979 年收入《诗集》。译文初刊于《纳博科夫学刊》第 43 期（1999，秋季号），第 44 页。下文为德米特里·纳博科夫的译者案：

本诗以迷离的笔调描摹俄罗斯占卜仪式。这一仪式殊多风致，其中之一是在半个胡桃壳里安上一个小小的蜡烛，然后将其放进盛满水的盆中。诗中“斯韦特兰娜”（意为：蒙光者）一名是泛称，其音律与诗的氛围很契合。而这个名字可能更多回应的是茹科夫斯基笔下浪漫的女主人公而非纳博科夫一年前已然与之分手的未婚妻。

《恶魔》

本诗 1924 年 9 月 27 日作于柏林（见《诗集》）。1925 年 1 月 4 日以《恶魔》为题首发于《俄罗斯回声》；1979 年收入《诗集》时没有题目。德米特里·纳博科夫的译文初刊于《纳博科夫学刊》第 28 期（1992，春季号），第 34—35 页。此前，约瑟夫·布罗茨基的译文发表于《肯庸评论》（新系列）第 1 期（1979，冬季号），第 120 页。在《俄罗斯回声》上刊出时，本诗未曾分节，最后一行“上帝命我发声”（本集译文据此译出）与玛利科娃编本中“上帝曾命我发声”用语略有区别。

《溜冰人》

1925 年 2 月 5 日首刊于《舵》第 1269 期，第 2 页；1979 年收入《诗集》。译文最初发表于《卓行》第 13 期（2003，冬季号），第 16—17 页。收入本集时，译文略有修润：第 8 行中“插图”（illustration）一词易为“图像”（image），第 11 行“和着那悠扬的口哨”（with that melodious whistling）则改为“伴着那悠扬的口哨”（by that melodious whistling）。

《春》

1925年5月10日首刊于《舵》第1348期，第2页；1929年收入诗文合集《乔尔布归来》；1979年收入《诗集》。译文初刊于《纳博科夫学刊》第28期（1992，春季号），第36—39页。

《梦》

1925年6月30日首刊于《舵》第1389期，第2页；1979年收入《诗集》。译文首刊于《卓行》第13期（2003，冬季号），第9页。

《车骸》

1925年8月16日首刊于《舵》第1430期，第7页；1929年收入诗文合集《乔尔布归来》；1979年收入《诗集》。译文初刊于《纳博科夫学刊》第22期（1989，春季号），第12—17页。

《诗如画》

俄文题目用罗马字母转写，而未用斯拉夫字母。1926年4月25日首刊于《舵》第1640期，第2页；1979年收入《诗集》。译文初刊于《纳博科夫学刊》第51期（2003，秋季号），第28—31页；另刊于《卓行》第13期（2003，冬季号），第14—15页。本诗献给画家姆·瓦·多布任斯基，纳博科夫少时曾从多氏学画，1941年纳博科夫的剧本《事件》在纽约上演时由多布任斯基担任舞台设计。诗题为拉丁文，意为“诗如画”，出自贺拉斯《诗艺》；“诗如画”即文学应效法绘画，而今已成衡文论艺的习见常谈。

《琐事》

1926年6月17、18日本诗完稿于黑森林（玛利科娃这一结论根据纳博科夫6月18日写给妻子薇拉的信得出）。1926年7月4

日首刊于巴黎《联结》第179期，第4页，当时没有题目；1979年收入《诗集》，亦无题目。本集中的译文为首次付梓，题目由德米特里·纳博科夫拟定。

《大学诗章》

本诗写于1926年底。翌年首刊于巴黎《现代杂志》第33期，第223—254页，本集中的译文为首次付梓。下文为德米特里·纳博科夫的译者案：

《大学诗章》取材于弗拉基米尔·纳博科夫在剑桥大学三一学院的求学经历（1919—1922）。

从根本上说，这首诗意在向普希金致敬。一如《叶甫盖尼·奥涅金》,《大学诗章》由63首抑扬格四音步的十四行诗构成。但诗风却相去甚远。古镇剑桥几乎直至今日也无多改变，剑桥大学在很多方面也一仍旧章。纳博科夫住过、剑桥“纳博科夫节”期间我也曾借住的小套间，与父亲当年入住时没什么两样。不过，也有个重大的改变：那些身穿黑衣的小老太婆不见了，清晨，她们不再轻轻走进房中，点燃炉火，再趁着学生上课，把居室收拾停当。而除此之外，甚至连当地的姑娘也都还过着从前的日子。每年她们都会与一个新来的倾慕者不期而遇，她们深知这场欢爱瞬息即逝，明年又有新的情郎来至。我们这位学生哥儿在教区牧师茶会上遇见，并有一段露水情缘的维尔丽特就似乎注定迎来那苦涩杂着甜蜜、卑微而无定的未来——她拒绝了一个又一个求爱者，期待着意中人来年到来。而她的韶华正悄然逝去。除却这一令人动容的主题，诗中另有许多微妙之处沁人心脾；然后，换一种语气，以出人意表的精湛手法完篇结笔：

就这样了。再见，亲爱的声响，
再见，美丽的缪斯。
在我们离别前，我只求：
像你一样，时而低翔，
时而高飞，仿若燕子，在此世找到一个平易的词，
总能迅捷地懂你，
在飞蛾与锈不腐的地方，
珍爱每一刻，
祝福每个动作，
不许它冻结，
感知微微倾侧的地球
精微的旋转。

而有关诗歌翻译的某些原则也应说上一言半语。与自己的诗文创作如出一辙，多年来，弗拉基米尔·纳博科夫在诗歌翻译中也多有探索。诗中，有的引文和典故易于辨识，有的则僻奥晦涩。有的译文亦步亦趋再现原作的音步和韵脚，却对准确传达原作意义较少关注，而有的译文则坚定、无畏地忠实于作者的意蕴。后一种方式体现了纳译普希金《叶甫盖尼·奥涅金》的精髓。纳译旨在给出一个可以供他在康奈尔大学课堂上使用的可靠译本。正如他在很多场合下所解释的那样，译文是“逐字直译”的，英文表达尽可能地切近俄文，即使那意味着用艰深的字词来表达复杂的概念。纳博科夫的解释并没能使他免遭多方攻讦，指摘者中既有卓有声望的埃德蒙·威尔逊，也有后起的薄有微名的霍夫施塔特。翻译《大学诗章》时，韵律方面，我也秉持纳博科夫的原则。也就是

说，我放弃脚韵（除非自然天成）和精确的音步，但却保持相似的诗歌节奏。

第11节，第13行，卡利俄珀：司史诗的缪斯，九位缪斯中的长姐。

第22节，第11行，一个劲地跌倒，真逊："真逊"显然是指扑球的守门员（维尔丽特的足球知识有限）。

第45节，第9行，"上天赐福"：一首古老的俄罗斯战歌。

《蝴蝶》

本诗为节译，此前从未发表过。写于1926与1929年之间，曾寄给鳞翅类昆虫学家尼古拉·卡尔达科夫。译文首刊于布莱恩·博伊德与罗伯特·迈克尔·派尔合编的《纳博科夫的蝴蝶》（波士顿：灯塔出版社，2000年版，第121页），该书第二次印刷时，译文有修订。

《托尔斯泰》

手稿上有一则手写的注，里面讲道：1928年9月4日，柏林"托尔斯泰百年诞辰纪念活动"中曾朗读本诗。1928年9月16日，本诗首刊于《舵》第2374期，第2页。译文1988年3月3日首刊于《纽约书评》第35期，第3号，第6页。在俄文打字稿中，第11行后有诗节空行。

《"夜行时，我无需"》

玛利科娃认为，本诗完成于1929年7月20日。1929年8月11日首刊于《舵》第2647期，第2页；1979年收入《诗集》。译文首刊于《纳博科夫学刊》第40期（1998，春季号），第8—11页。

收入本集时，译文略有修订。

《致葡萄柚》

本诗手稿上标示的完稿日期为1931年1月24日。首刊于《现代杂志》第47期，第233页，1979年收入《诗集》。译文首刊于《纳博科夫学刊》第42期（1999，春季号），第38—39页。

《天蛾》

1953年，纳博科夫创作了七首无题的俄文诗，总题为《七首诗》，本诗为第四首。1956年，组诗发表于《新评论》第46期，第43—46页，本诗出现在44—45页。组诗1979年收入《诗集》。译文收入本集时首次付梓，题目为德米特里·纳博科夫所拟。

《"四十三，抑或四十四年"》

本诗完稿于1967年4月9日。（《诗集》编者和玛利科娃均持这一观点，玛利科娃并且引据写有这一日期的手稿来论定其说。手稿附在寄给罗曼·格林贝格的信中。）1967年，本诗首刊于纽约《空路》第5期，1979年收入《诗集》。译文首刊于《纳博科夫学刊》第40期（1998，春季号），第12—13页。

《致薇拉》

本诗是纳博科夫写给妻子薇拉的，《诗集》编者认为，本诗1974年10月1日写于蒙特勒。1979年收入《诗集》时首次付梓。译文首刊于《纳博科夫学刊》第23期（1989，秋季号），第13—14页。下文为德米特里·纳博科夫的译者案：

当时纳博科夫刚刚完成《看，那些小丑！》，小说将

[……]于 1974 年 8 月 27 日出版。他思虑着若是这部小说进入苏联境内会有怎样的遭遇。本诗布局谋篇都围绕两个关键的韵脚展开，尤其是第二节中的“菱形”(rombam) 与“从容”(aplombom)。在保留换行韵和相似节奏的同时，要译出那则想象的苏维埃评论需使弄一个小狡狯，即“rhombi”(菱形) 要以拉丁文的某一变体的方式读作“rombé”，“aplomb”(从容) 也至少留存一丝 B 的音。

《诗与题》中的俄文诗

《雨已飞过》

1917 年 5 月，本诗写于俄国北部维拉 (见《诗与题》注)。翌年首刊于彼得格勒出版的《年鉴：两条小路》(见《诗与题》注)。1979 年收入《诗集》。在打字稿中，诗的偶数行没有缩进，这一点与《诗与题》不同。纳博科夫在自传《说吧，记忆》(1951 年付梓、1966 年增订再版) 第十一章中描述了这首诗的创作过程，书中，他将本诗写作时间设定为 1914 年夏天，并说这是他的第一首诗。其实这首诗他写了好几年，像《音乐》(实际写于 1914 年) 那首诗一样。下面是纳博科夫在《诗与题》中为本诗写的附注：

> “雨在飞”这一用语作者借自一位老园丁 (《说吧，记忆》第二章及其他章节曾写过他)，他用这个词来指那身后跟着阳光的轻雨。这首诗写于那个乡间公园，那是我们一家在庄园度过的最后一个春天。它最先收入《年鉴：两条小路》——这本诗集是 1918 年 1 月我和一位同窗在彼得格勒出版的合集，里面收录了我们的少作。1919 年初，在雅尔塔，作曲家弗拉基米尔·伊万诺维奇·波尔为它谱了曲。

《致自由》

1917年12月3日或16日本诗写于克里米亚加斯普拉。当日纳博科夫的父亲来到那里并带来了最新的政治新闻。1970年，本诗最先收入《诗与题》。手稿中诗题为《自由》，第五行为“曳着折断的双翼”，而非刊行本中的“曳着残/断翼”。下面是纳博科夫在《诗与题》中为本诗写的附注：

> 这几行诗主要——甚至是，唯一——令人感兴趣的地方在于其揭示了知识人的失望，他们曾欢迎1917年春天的自由主义革命，却为当年秋天爆发的布尔什维克暴乱忧心忡忡。而逾半个世纪后那一反动政权迄今犹存的事实则给一位青年诗人的一首平凡的诗平添了几许预言色彩。这首诗或许在1918年曾在雅尔塔的某份报纸上发表过，但却不曾收入我后来的诗文集。

《我依然默不作声》

根据手稿，本诗写于1919年3月23日；而在《诗与题》中，本诗的创作时间与地点则为：1919年4月4日完稿于克里米亚的丽瓦迪亚。本诗最先于《天路》发表时无题；并且在第1行“我依然默不作声”后有破折号（收入《诗与题》时删除）；第4行“薄雾”后亦有破折号。第6行“多彩”后有逗号，结尾为分号。本诗两份俄文手稿的第1行均是“愈加安静愈加坚强”，而《天路》和《诗与题》上的版本则皆为“在沉寂里变强”。手稿中“在我灵魂的深渊”一句在《天路》和《诗与题》中易为“于我灵魂的暗影中”。另一份手稿中的锻字炼句依随其他两份手稿，只是划去了一些词，并将刊行本中的用语书于其上。

《酒店客房》

根据手稿，本诗写于1919年3月26日或27日晚上；而在《诗与题》中，纳博科夫注明的时间和地点则为：1919年4月8日，完稿于塞瓦斯托波尔的大都会酒店七号房（“数日后即去国离乡”）。1970年，本诗收入《诗与题》首次面世；1979年再刊于《诗集》。手稿中，本诗以省略号终篇，而收入《诗与题》及《诗集》时，则以句号结尾。

《普罗旺斯》

《诗与题》中注明本诗1923年8月19日写于索利耶蓬。1923年9月2日本诗首刊于《舵》第839期，第2页。本集收入的是发表于《舵》上的那篇题为《普罗旺斯》的原作的后半部分。这部分还曾以《太阳》为题选入1929年出版的《乔尔布归来》。

《洛林姑娘》

本诗1924年9月6日写于柏林（玛利科娃是根据纳博科夫当日写给母亲的信中附有本诗手稿得出这一结论的）。1924年9月16日本诗首刊于《舵》第1151期，第2页，题目是以罗马字母书写的《美丽的洛林姑娘》。手稿中原题为《美丽的洛林姑娘》；“美丽”一词被划去，“美好”书于其上。1929年收入《乔尔布归来》时，第5行“这里”后有逗号；第10行“飘带”后有逗号；第13行“面甲”后有逗号。

《纹章》

本诗1924年1月24日写于柏林（《诗与题》和玛利科娃均持此说。玛利科娃是根据纳博科夫当日写给母亲的信中附有本诗手稿得出这一结论的）。1925年3月1日本诗首刊于《俄罗斯回声》。

《母亲》

1925年4月19日本诗首刊于《舵》第1330期，第2页。1929年收入诗文集《乔尔布归来》。在《乔尔布归来》中，第9行“倦怠”后有省略号；第14行“棺木”及“日子”后各自有逗号；第18行结尾为省略号；第21行“漂浮”后有逗号，而“召唤”后为逗号和破折号；诗以省略号结尾。收入《乔尔布归来》的版本里，第22行“遵守”在《诗与题》中易为“留意”。

《我喜欢那山》

1925年8月31日本诗完稿于黑森林费尔德贝格（见《诗与题》注）。同年九月十九日首刊于《舵》第1459期，第2页，无题，而诗后所署“黑森林”字样则清楚表明本诗的创作地点。在《诗集》中，本诗题为《峰顶》，而正如玛利科娃所言，纳博科夫在《诗与题》的注释中将《峰顶》这个题目写在《我喜欢那山》旁边。玛利科娃引据当日纳博科夫给他母亲和薇拉的明信片，指出在给母亲的明信片上这首诗没有题目，而给薇拉的明信片上这首诗则题为“峰顶”。在给薇拉的明信片上，纳博科夫写道：“舒拉（亚历山大·扎克，纳博科夫的一个学生——玛利科娃注）建议我给这首诗取个题目，我想到的是，1925年8月31日漫步黑森林邂逅一株熟悉的草……”在这张明信片上，纳博科夫还写道：“将此诗誊清，与请求刊印的信件（“外子……”）一并寄《舵》。”

《梦》

本诗手稿所署时间为1927年4月22日；而在《诗与题》中，纳博科夫称本诗1927年写于柏林。1927年5月1日，《梦》首刊于《舵》第1951期，第2页。在手稿和《诗与题》中本诗第4行均为“于是释然地跃入睡眠”，而在《诗与题》修订版中本句改为“于是释然地步入睡眠”。在手稿中，第 21 行“听清”后为省略号；第 34 行以叹号结尾。

《快照》

《诗与题》中，纳博科夫注明本诗 1927 年 8 月 20 日作于德国北部的宾茨。同年 8 月 28 日首刊于《舵》第 2051 期，第 2 页；1929 年收入诗文集《乔尔布归来》。在《乔尔布归来》中，第 1 行“海滩”后跟逗号；第 2 行“海”后为逗号；第 18 行“沙岸”后有逗号和破折号；第 21 行“房子”后为逗号。

《在天堂》

《诗与题》中，纳博科夫注明 1927 年 9 月 25 日本诗作于柏林。翌年 3 月 18 日首刊于《舵》第 2223 期，第 2 页，题为《致灵魂》。1929 年收入诗文集《乔尔布归来》。1979 年复收入《诗集》。在《乔尔布归来》中，第 1 行“灵魂”后为逗号和破折号；第 5 行“狂野的”后亦为逗号和破折号；第 6 行“造物”后为省略号；第 14 行“你”后为省略号；第 15 行“蓝色”后为逗号；诗末为省略号。

《行刑》

据《诗与题》，本诗 1927 年末写于柏林。1928 年 1 月 8 日首刊于《舵》第 2163 期，第 2 页。1929 年收入诗文集《乔尔布归来》。在《乔尔布归来》中，第 1 行“躺下”后为逗号及破折号；第 3 行“随即”后为逗号；第 5 行“醒来”后为逗号及破折号；第 9 行结尾为逗号和破折号；第 10 行“现在随时”后为逗号；第 14 行“滴答声”后为分号；第 18 行“如此”后为逗号；第 19 行“行刑”后为破折号；诗以叹号结尾。下面是纳博科夫在《诗与题》中为本诗写的附注：

从17—20这几行中，弗洛伊德的信徒曾发现“死亡意愿”，而马克思主义者，一样荒唐地，看出了“封建罪孽的补偿”。我可以向两派人士保证，这一节里的那个叹号完全出于修辞效果的考量，是为营造某种格调而故作狡狯，是有意植下的惊讶，一如棋题中的低升变。

我用“总状花”这个名字来称呼俄语中的“cheryomuha”，“一种总状花序的老世界的稠李”，亦即北亚稠李（见拙译《叶甫盖尼·奥涅金》第3卷第11页的评注）。

《恋人幸福难眠》

据《诗与题》，本诗1928年5月18日写于柏林。这一日期也写在该诗手稿上。1928年6月14日首刊于《舵》第2293期，第2页。1929年收入诗文集《乔尔布归来》，是该集第一首诗，无题。在《乔尔布归来》中，第12行“白”后为逗号，而整首诗以省略号结尾。手稿中诗的结尾亦为省略号。

《莉莉丝》

1970年，本诗首刊于《诗与题》，下面是纳博科夫在《诗与题》中为本诗写的附注：

四十几年前写来博友人一哂，当时《莉莉丝》无法在任何老成持重的流亡者杂志上刊载。它的手稿也只是近来方从我的旧作中冒出来，敏慧的读者将会斋己自律，不把这一无涉私己的幻想同我后来的小说联系起来。

《缪斯》

据《诗与题》，本诗1929年9月13日写于柏林，并于当月24日首刊于《舵》第2684期，第2页。1959年收入《诗集》，无题，纳博科夫在附注中称这首诗"标志着他青春的创造力的终点"。在《舵》上刊出时，第8行"展现自己"在定稿中易为"微笑"；第1行"来临"后为省略号；第2、12和23行结尾均为省略号。

《柔柔的声响》

玛利科娃援引纳博科夫1926年6月7日写给薇拉的信来讨论此诗的写作经过，信中，纳博科夫称此诗于一天前（6日）完成。在《诗与题》的注释中，纳博科夫称此诗于1929年初完稿于法国南部城市布卢，但要么他的回忆有误，要么（似乎更有可能）1929为1926的误植。1926年6月10日，本诗首刊于《舵》第1676期，第4页。1929年收入诗文集《乔尔布归来》。在《乔尔布归来》中，第1行"当"后为逗号；第3行"打开"、第12行结尾、第17行"喧响"以及第22行"中断"后为逗号和破折号；第21行结尾为逗号；第26行及全诗皆以省略号结尾；第29行"但"后破折号。

《雪》

据《诗与题》，本诗1930年写于柏林。1930年2月7日首刊于《舵》第2797期，第2页。

《公式》

据《诗与题》，本诗1931年写于柏林。同年4月5日首刊于《舵》第3149期，第2页。

《一页未完成的手稿》

据《诗与题》，本诗1931年写于柏林。玛利科娃认为完成于1931年7月1日。1970年首刊于《诗与题》。

《空地上的黄昏》

据《诗与题》，本诗1932年写于柏林。同年7月31日首刊于巴黎《最新新闻》第4148期，第3页，无题。1952年收入《诗集》，没有给“V.D.N.”（纳博科夫的父亲，弗拉基米尔·德米特里耶维奇·纳博科夫）的题献。

《疯子》

据《诗与题》，1931年初，本诗写于柏林。1933年1月29日首刊于《最新新闻》第4330期，第3页。

《我多么爱你》

玛利科娃认为，1934年4月17日本诗写于柏林。1934年5月3日首刊于《最新新闻》第4788期，第3页。1952年收入《诗集》。1970年5月23日，本译文首刊于《纽约客》第46卷，第44期，第44页。在《札记》第136页上，纳博科夫这样评论：“（这首诗）由几个轻盈地交织在一起的部分组成，可以说起初是献给一位诗人的魂灵的，他渴望重返故国，再访几乎化为乌有的俄罗斯，离开糟糕的德国。彼时我正百无聊赖地苟活其间。结尾则更为直接地致意故国。”

《塞纳河畔的陌生女子》

在俄文原作中，本诗题目以罗马字母转写，而未用斯拉夫字母。1934年6月28日，本诗首刊于《最新新闻》第4844期，第2

页，发表时只有副标题“F.G.Ch. 供稿”，F.G.Ch. 即《天赋》的主人公费奥多尔·戈杜诺夫·切尔登采夫，是创作初期的纳博科夫的化身。1959 年收入《诗集》。“塞纳河畔的陌生女子”是 19 世纪 60 年代在塞纳河中溺亡的不知名的女子的讳称，在 20 世纪 20 年代，“塞纳河中的陌生女子”成为巴黎和柏林画家笔下习见的题材。

《黄昏》

据《诗与题》，本诗 1935 年写于柏林。1952 年收入《诗集》。在《札记》第 135 页上，纳博科夫对本诗及与之相类的诗作有这样的评论：“对一个流亡中的年轻的抒情诗人而言，故国的失落和爱的失落是融汇在一起的，这很自然。当时我羁旅欧陆，曾写过很多这样的诗，我选出了几首，因为直至如今它们都符合我的要求。”

《我们曾如此确信》

据《诗与题》，本诗 1938 年写于巴黎。1952 年首刊于《诗集》。尽管纳博科夫在《诗与题》中将本诗系于 1938 年，但本诗一份手稿上所署的日期为 1939 年 1 月。在几份手稿中，本诗归于瓦西里·希什科夫（纳博科夫小说中的一个人物）名下。有一份手稿中，纳博科夫将本诗献与密友约瑟夫·黑森，正如纳博科夫在《札记》第 136 页所承认的那样：“这首诗很契合约瑟夫·弗拉基米尔洛维奇·黑森的品味，这个人的艺术感觉和了无羁绊的判断力对我来说是如此珍贵。”

《一夜之间怎么了》

据《诗与题》，本诗 1938 年写于芒通。1952 年首刊于《诗集》。

《诗人》

据《诗与题》，本诗1939年写于巴黎。同年7月首刊于《时代春秋》第69期，第262—264页，刊出时将此诗归于瓦西里·希什科夫名下。1952年收入《诗集》，未再使用这一化名。在《诗与题》本诗附注中，纳博科夫写道：

> 这首诗用笔名“瓦西里·希什科夫”发表是为吸引某位大名鼎鼎的批评家（《最新新闻》的G.阿达莫维奇），他不假思索地攻讦我写的一切。这一计成功了：在他的每周评论里，他以那般畅达、那般激昂的文字欢迎一位神秘的新诗人的出现，以至我禁不住在描述我和虚构的希什科夫在小说里那几次会面时仍继续这个笑话。小说里还有别的料，其中包括对这首诗的品评及对阿达莫维奇溢美之词的褒贬。
>
> 第26和27行，写塞纳河对岸一个高耸的广告牌上那些流光溢彩的绿宝石。

《致俄罗斯》

据《诗与题》，本诗1939年末写于巴黎。玛利科娃认为，本诗完稿于1939年9月16日。翌年首刊于《时代春秋》第70期，第128—129页，诗题为《请求》，发表时使用化名瓦西里·希什科夫1952年收入《诗集》，无题。在《札记》第136和137页，纳博科夫写道：

> 这是关于“巴黎圈”的第二首诗（笔者指的是《诗人》中隐约开始的“圈子”——青年诗人喜欢这样说），是我写给故国的诸多诗作中的最后一首。它是被那个在两大极权主义魔鬼之间签订的肮脏下流得出了名的条约（《莫洛托夫协定》）

激发出来的，如果这之后我还曾向俄罗斯致意，也只是间接地或借由些纽带达成的。

在《诗与题》的附注中，他论及这首诗的英译本：

原作有着流线型的、迅捷的机制，由规则的三音步抑抑扬格这样的“气息”模式组成，伴以阴阳交替的韵。轻快活泼的调子与字字对应的直译无法结合，除却某些诗段（只有第三节原作和译文在诗的形式上肖似）；既然原作的动量补偿了它言语上的含混，那么，我忠实而节奏跳荡的译文就算不上成功，用散文体或许可以。

《眼睛》

据《诗与题》，本诗 1939 年写于巴黎。1970 年收入《诗与题》。

《声名》

据《诗与题》，本诗 1942 年写于马萨诸塞州韦尔斯利。玛利科娃认为，本诗作于 1942 年 3 月 22 日马萨诸塞州韦尔斯利。同年首刊于《新评论》第 3 期，第 157—161 页。1952 年收入《诗集》。在《札记》第 138 页上，纳博科夫这样评论：

（关于这首诗）无须多说。我只要讲，诗中有个魔鬼，仿若一个小蜡像，正以各种各样的物质奖赏引诱一位自由的诗人。“西林”——我以这一笔名写了很多作品——在其中一首诗中作为一只化身男子的鸟曾被提及。那些记得普希金《纪念碑》的人会注意到诗中一处小小的化用。

在《诗与题》中，他在诗后写了几则附注：

第 12 行：阿卡基·阿卡基耶维奇，是果戈理小说《外套》的主人公，他的言谈里多多少少夹杂些赘词。

第 42 行：频闪飞转，这一术语精确地描绘出我在自己的文本中试图以“一串轮辐似的阴影”之类较为含混的用语来表达的一切。频闪效应令航轮看来仿佛倒行，于是驶向美国（第 36 行）在视觉上却呈现为回返俄罗斯的错觉。

第 47—48 行：这一叮嘱给那些——或许不存在的——读者，他们有心破解 45—47 行“西林”这一典故，它是斯拉夫神话中一只不可思议的鸟，“西林”也是作者 1920 至 1940 年代的笔名。

第 67 行：纸烟。一种俄国香烟的烟嘴纸。冰冷的房间里扔满被丢弃的纸烟的没有扫过的地板，在那已成过往的理想主义时代，是艰辛的俄国空想家沉思的典型的讲台。

第 75—76 行：参见普希金《纪念碑》（1836）第三节：

我的消息将传遍整个伟大的俄罗斯，
那里生息的每个部族都将呼唤我的名字：
那高傲的斯拉夫人的子孙，那芬兰人，那至今浑朴的
通古斯人，和那——大草原的朋友——卡尔梅克人。

第 87 行：协拼同道正字法。1917 年采用的一种新的正字法，但流亡者出版物坚持使用旧的正字法。

第 91 行：茴香油。暗指伪造的狐狸的气味，猎犬追寻狐狸到穴居地时，骗其跟踪这一气味而非猎物。

《巴黎诗章》

据《诗与题》，本诗1943年写于马萨诸塞州坎布里奇。1944年首刊于《新评论》第7期，第159—163页。1952年收入《诗集》。1944年1月3日给威尔逊的信中，纳博科夫评论这首诗的写作："偷偷摸摸好一段时间了，我已经睡了我的俄罗斯缪斯，现在寄给你一首她生出的大诗。"(《亲爱的邦尼》，第132页）在《札记》第137页上，纳博科夫这样评论道：

> 在纽约《新评论》甫一出现，(这首诗）就因朦胧阴郁招致批评。如果您记住诗的开头几节表现的是诗中所刻画的那位诗人在尝试征服这种混沌的、难以言状的纷乱，当时那将至的创造的节奏，而非其直觉正在他的意识中露出曙光，那么，这首诗就变得清晰起来了。

在《诗与题》中，他在诗后写了下面几则附注：

> 第13行："离开那些彷徨者，那些无所事事的流浪人"，原诗在字面上更为贴合地效仿涅克拉索夫召唤诗人离开"那些欢欣的、那些悠然的咿呀"，去到那些"以爱的丰功伟业的名义殒身"的革命者的营帐。尼古拉·阿里克塞耶维奇·涅克拉索夫（1821—1877)，著名诗人，他凭借若干首不同凡响的诗篇，成功地超越了那个身为报人写时事歌谣的他。
>
> 第25—26行："于是，他无意去想"……典出普希金《叶甫盖尼·奥涅金》第二诗节头四行：
>
> 于是年少荒唐的公子哥儿一面想
> 一面乘着驿车在尘土里飞驰，

宙斯最最崇高的意志
让他成了所有亲戚唯一的继承人。

第 64 行：阿拉戈大街。直至最近，在巴黎这条街上仍有公开的斩首行为。在附近杂货店能够最为切近地目击这一颇为耸动而又通常很混乱的一幕。

第 69 行："憔悴的巴黎在夜里是奇妙的"。取法果戈理《可怕的复仇》（一个极度感伤的故事）中一个夸张的段落，那一段开头这样写道："无风的天气里第聂伯河是奇妙的。"

《无论怎样》

玛利科娃认为，本诗 1943 年 4 月 2 日写于马萨诸塞州坎布里奇。1944 年 3 月 17 日首刊于纽约《社会主义先驱》第 5 或 6 期，无题。1952 年收入《诗集》，仍无题。收入《诗与题》时加上了这一题目。在《札记》第 138 页，纳博科夫谈到这首诗的灵感来源：

众所周知，一些毫不相干的想法经过某种奇怪的结合后，俄国军事上的辉煌在一些上层资产阶级圈子里充当起他们默许这一政权的逻辑依据。一家专登这类爱国滥调的文学杂志，来跟我约稿，于是他们收到了下面这首完全出乎意料的讽刺诗。

1944 年 3 月 26 日给威尔逊的信里（《亲爱的邦尼》，第 142—143 页），纳博科夫这样写道：

我即兴写成的那首关于"最华而不实的苏俄"的俄文小诗已经在以抄本和重抄本的形式在克伦斯基圈子里的那些俄

国社会主义者中“秘密地”流传开了，这让他们重温那种传播“禁诗”的细腻的久违的兴奋，就像他们当年在沙皇统治下所做的那样，——直到其中一个人终于在《社会主义先驱》上将它匿名发表了，登在一篇反对斯大林的文章的后面，这种特殊的仪式性的审慎的指涉方式半个世纪前用于手抄革命诗歌这类事上。有两个美点：一、如此高贵的公民诗歌是公共财产；二、诗人的名字未被泄露，因为若非如此他会被——罗斯福总统——流放到西伯利亚（或拉布拉多）。假如您谙熟1845—1945年左翼宣传者的习惯、环境和风格，您将会体悟到个中微妙的乐趣。

《僭主咏》

据《诗与题》，本诗1944年写于马萨诸塞坎布里奇。1945年首刊于《新评论》第10期，第172—3页。1952年收入《诗集》。在《札记》第137页，纳博科夫写道：

> （这首诗是从战争结束时我以诚挚的公民风格写下的那些篇什中选出。）（字里行间）着意戏仿弗拉基米尔·马雅可夫斯基（见下文关于第52行的注）的方式。最后的韵脚暗指斯大林和（依照俄语发音的）丘吉尔。诗中明确表达了一种愤慨，是被在威吓者面前屈膝折腰之辈激发的。

在1945年11月17日给纳博科夫的信中，威尔逊将此诗简明地称为“那首对马雅可夫斯基的戏拟之作”（见《亲爱的邦尼》，第176页）。在《诗与题》中，纳博科夫为本诗写了下面几则附注：

> 第14—15行：在苏维埃剧院观看表演的旅行者通常对那

位已故统治者的气势印象深刻。

第 29 行：马麦，14 世纪一位特别邪恶的鞑靼王子。

第 35 行：有人会想起斯大林的发音：“生活变得更好了，生活变得更快乐了。”

第 42—43 行：对旧俄时代马车夫那圆滚滚的臀部的戏谑性的描画。

第 44—48 行：一位苏维埃将军和阿道夫·希特勒的一次短暂露面。

第 49—50 行：我们的最后一站德黑兰。

第 52 行：那个死了的与我同名的人。隐指弗拉基米尔·弗拉基米尔洛维奇·马雅可夫斯基的教名和父名。马雅可夫斯基（1893—1930），苏维埃的一个小诗人，有一定才华和感染力，却被他效忠的政权糟蹋了。

第 58—59：“布拉林……艾尔吉尔”。在俄文原作中，monumentalen，意为“（他）威风凛凛”，可与“斯大林”一词协韵；而 pereperchil，意为“（他）种了太多胡椒”，在懒散的俄语发音（柴尔-吉尔）中与那位英国政客的名字之间有种朴实的契合。

《致 S.M. 卡楚林王子》

据《诗与题》，本诗写于 1947 年初。玛利科娃认为，本诗写于 1947 年 3 月。1947 年首刊于《新评论》第 15 期，第 81—83 页。1952 年收入《诗集》。在《札记》第 137—138 页，纳博科夫写道：

> 这首诗是献给我伟大的友人，著名赛车手谢尔盖·米哈伊洛维奇·卡楚林王子。34 年前有一个微服出访俄罗斯的机缘，挚友谢尔盖·米哈伊洛维奇大力敦促我抓住这个机会，我

绘声绘影地想象着自己的旅程，写下了这首诗。

西蒙·卡林斯基认为本诗可能是纳博科夫1947年2月22日给威尔逊的信中所附的那首诗（见《亲爱的邦尼》，第214页）。在《诗与题》中，纳博科夫为本诗写了下面几则附注：

第1行：卡楚林。斯蒂芬·姆斯季斯拉沃维奇，把重音放在中间的音节将Kachurin读作“Kachoorin”。我可怜的友人，前白军上校，几年前在阿拉斯加一家修道院里辞世。可能王子那金子般的心，那冲和的智能，以及那耄龄的乐观才是他建议我踏上诗中所描写的旅程的原因。他的女儿与作曲家托尼岑结为伉俪。

第7行：达吉斯坦。隐指莱蒙托夫诗中那个脍炙人口的首句：“正午时分，在达吉斯坦的山谷。”

《一如寻常的日子》

据《诗与题》，本诗1951年写于纽约州伊萨卡。翌年，收入《诗集》。

《拗体抑扬格》

玛利科娃认为，本诗1952年10月5日写于纽约州伊萨卡。1953年首刊于纽约《经验》第1期，第41页，不分节，并有一处误植。在《诗与题》中，纳博科夫为本诗的题目写了一则附注：

“拗体”（或“错体”）乃指下面这一事实，即在俄语诗律中ésli（如果）绝不能忽略不计，就像比如mézhdu（两者……之间）在老传统中被允许的那样。然而，同为轻盈、流动的双音节词却得不到同样的对待，特别是在一个抑扬格诗行的开头，这毫无道理。

《何为恶行》

据《诗与题》，本诗1959年12月27日写于意大利圣雷莫。玛利科娃依据“博格收藏”中一份手稿考证此诗写于1959年2月。1961年本诗首刊于纽约《天路》第2期，第185页，无题，是以《两首诗》为题的组诗的第二部分。在《诗与题》中，纳博科夫为本诗写了下面一则附注：

> 第1至4行，这第一节是戏仿鲍里斯·帕斯捷尔纳克某首诗的开头，诗中，他声言他那部恶名昭彰的小说“让整个世界为（他）祖国的美流泪”。

《自那灰色的北方》

据《诗与题》，本诗1967年12月20日写于蒙特勒。1968年1月21日以手迹形式首刊于纽约《新俄罗斯之言》，第8页。

《诗与题》中的英文诗

《一次文宴》

1942年4月11日本诗首刊于《纽约客》第18卷，第8期，第18页，题为《文宴》。

《冰箱醒来》

1942年6月6日本诗首刊于《纽约客》第18卷，第16期，第20页。在1941年11月28日写给威尔逊的信中，纳博科夫提及这首诗，他说：“切望您勿将拙作《冰箱醒来》视为在暗示我在贵府度过了一个糟糕的夜晚。”（见《亲爱的邦尼》，第59页）。

《发现》

根据纳博科夫写给埃德蒙·威尔逊的信札（见《亲爱的邦尼》，第103页），玛利科娃考证本诗完稿不迟于1943年1月12日。1943年5月15日，本诗首刊于《纽约客》第19卷，第13期，第26页，《发现一只蝴蝶志感》。

《诗》

1944年6月10日，本诗首刊于《纽约客》第20卷，第17期，第30页。

《俄罗斯诗歌的黄昏》

1945年3月3日，本诗首刊于《纽约客》第21卷，第19期，第23—24页。当时诗中的第18行为“爽快挪借的知识”，第66行为“一种亮蛱蝶最先莅临”，第117行“权作结语”前有逗号。而正如玛利科娃所见，最主要的差异是：本诗在《纽约客》刊出时直接以两行俄语结尾，而不是以对它们的翻译终篇。在1944年12月2日写给威尔逊的信中，纳博科夫附上了一份本诗的初稿（见《亲爱的邦尼》，第161页）。

《那个房间》

1950年5月13日，本诗首刊于《纽约客》第26卷，第17期，第34页。

《触摸之乐》

1951年1月27日，本诗首刊于《纽约客》第26卷，第49期，第30页。在收入《诗与题》时，诗行安排有很大不同：

某个注定的日子
在你们报纸的社论版
会这样写，“接触已经成年。”

当你转动把手，
你的装置将乖乖呼出种种形式，
不可见而可触——
一个布莱叶的世界。

想想所有
你真正触手可及的东西！
幽灵似的瓶子，
聊以慰藉的药片，
岸上清澈的肢体。

聚集在大大的触摸装置前，
俱乐部和众多家庭
随处握紧
那别无二致的简洁的天堂
（单就触觉而言）。

悸动的手指
会去爱抚丝发的柔软

会去查究那唇
在半空里构拟。

看那小男生，像目盲的恋人，
疯狂地寻索爱情的形状——
却发现不过是肥皂的轮廓。

1950年12月29日写给威尔逊伉俪的信中附有本诗的初稿（见《亲爱的邦尼》，第283页）。

《修复》

在《诗与题》中，纳博科夫说这首诗最先发表于1952年3月9日的《纽约客》上，但那期《纽约客》上并没有这首诗，而我在任何一期《纽约客》上都没找到这首诗。玛利科娃自“博格收藏”收录的本诗手稿中辑出刊行本中没有的两节诗。其中一节在定稿首节之前：

我嫉妒那些作者，他们
在空空的瓮中认出凤凰，
在魔法总汇里发现些许
慰藉——找到某种永恒，
某种归返的预言

另一节在定稿第二节前：

在盛宴之前，在景象之后
我愿世界破碎崩毁。
雕像斜依我的手臂，

探问意义何意
蓦然间，心儿跳荡

接下来一节的首句为：“若非如此是否将平平无奇。”

《杨树》

在《诗与题》中，纳博科夫说本诗最先刊载于1952年4月6日《纽约客》，但当期《纽约客》上并无本诗，而在其他期《纽约客》上我也不曾找到这首诗。纳博科夫1953年6月20日写给威尔逊的信中附有本诗（见《亲爱的邦尼》，第313页）。

《在俄勒冈写下的诗行》

1953年8月29日本诗首刊于《纽约客》第29卷，第28期，第28页。纳博科夫1953年6月20日写给威尔逊的信中附有本诗（见《亲爱的邦尼》，第313页）。

《模特儿颂》

1955年10月8日本诗首刊于《纽约客》第31卷，第34期，第48页。

《译〈叶甫盖尼·奥涅金〉志感》

1955年1月8日本诗首刊于《纽约客》第30卷，第47期，第34页。在《诗与题》中，虽然有违该集以年系诗的原则，纳博科夫仍将本诗列于《模特儿颂》之后。

《雨》

1956年4月21日本诗首刊于《纽约客》第32卷，第9期，第

43页。

《长木谷园谣曲》

玛利科娃说，1953年纳博科夫曾将本诗投给《纽约客》。1957年7月6日本诗首刊于《纽约客》第33卷，第20期，第27页。有两处微小的不同。纳博科夫曾在很多信札中论及本诗。在1953年10月15日写给威尔逊的信中，他称本诗为“前一段写的一首谣曲”（见《亲爱的邦尼》，第314页）。1957年2月16日给《纽约客》编辑凯瑟琳·怀特的信中说：“我将把1953年被您退稿的那首小谣曲寄您。我仍然觉得它是我最拿得出手的作品之一。可转念一想——还是得请您先示下我是否可将拙作再次寄呈。”（见《书信集》，第201页）。同年3月6日给怀特的信中（见《书信集》，第208—209页），纳博科夫写道：

> 将寄上《长木谷园谣曲》，该诗作于1953年。粗成后不断修润，以期定稿可与贵刊三年前所摒之什迥异。在下敢请您对拙作细加酌量。一秉素常的谦逊，私意，此诗为拙作中之最佳者——譬如，较之《俄罗斯诗歌的黄昏》，此诗即远出其上。
>
> 初读，您或许会将拙稿视为夏加尔和摩西奶奶作品的杂拌儿。但请您勉力卒读，饶有兴味的诸般变化乃至潜匿水下的形式图案将在您不懈的眼底渐次展开。若仍不喜，亦无须多虑——径请掷还。

未收入《诗与题》的英文诗

《家园》

1920年11月本诗首刊于剑桥大学《三一杂志》第2卷，第5期，第26页。署名“弗拉基米尔·纳博科夫”。

《记忆》

1920年11月本诗首刊于伦敦《英文评论》第144期，第392页。署名“弗拉基米尔·纳博科夫”。

《那首俄罗斯歌谣》

本诗手稿上的日期为1923年2月17日。同年首刊于柏林《旋转木马》杂志第2期。

《最温柔的语言》

根据手稿信息，1941年10月21日本诗写于马萨诸塞州韦尔斯利。1941年12月首刊于《大西洋月刊》第168卷，第6期，第675页。打字稿上本诗题为《惜别派对》。

《流亡者》

据玛利科娃考证，本诗完稿于1942年9月13日。同年10月24日首刊于《纽约客》第18卷，第36期，第26页。威尔逊认为本诗是纳博科夫写得最好的一首英文诗。1942年9月13日在写给威尔逊的信中，纳博科夫说他在十分钟内完成了一首含有四个四音步音节的诗，“这种抑扬抑格诗（《流亡者》）更难写。我必须尽力避免滑入抑抑扬格，像从小跑骤变为飞奔的马一样。我尝试借助多变的跨行和缩短每节的第三行来增添兴味摆脱慢悠悠的单调”。（见《亲爱的邦尼》，第92页）

《诗一首》

据玛利科娃考证，本诗1942年11月11日完稿于明尼苏达圣保罗。1943年1月首刊于《大西洋月刊》第171卷，第1期，第116页。玛利科娃在注释中说在“博格收藏”的打字稿中本诗题为

《一首战争诗》。

《梦》

据玛利科娃考证，本诗1944年8月16日作于马萨诸塞州坎布里奇。1946年9月首刊于《大西洋月刊》第178卷，第3期，第63页。在1944年8月16日的信中，纳博科夫将本诗寄给威尔逊。在1946年3月2日的信中，他提及本诗，称之为“去年被《纽约客》退稿的那首写梦魇的诗……”（见《亲爱的邦尼》第155、187页）。

《蒲公英》

根据手稿信息，1950年5月30日本诗写于纽约伊萨卡。1991年，《俄罗斯文学三季刊》第24卷刊出本诗手稿，这是本诗首次公开发表。

《月的诗行》

1966年4月28日本诗首刊于《纽约书评》第6卷，第7期，第19页。有俄罗斯学者认为，本诗灵感或源于首次无人登月成功。

图字：09-2018-561 号

图书在版编目（CIP）数据

纳博科夫诗集 /（美）弗拉基米尔·纳博科夫（Vladimir Nabokov）著；董伯韬译．—上海：上海译文出版社，2022.10
（纳博科夫作品系列）
书名原文：Collected Poems
ISBN 978-7-5327-8941-2

Ⅰ.①纳…　Ⅱ.①弗…　②董…　Ⅲ.①诗集－美国－现代　Ⅳ.①I712.25

中国版本图书馆 CIP 数据核字（2022）第 177303 号

纳博科夫诗集	［美］弗拉基米尔·纳博科夫　著	出版统筹　赵武平
		责任编辑　缪伶超
Collected Poems	董伯韬　译	装帧设计　裴雷思

上海译文出版社有限公司出版、发行
网址：www.yiwen.com.cn
201101　上海市闵行区号景路 159 弄 B 座
上海普顺印刷包装有限公司印刷

开本 890×1240　1/32　印张 9.5　插页 2　字数 79,000
2022 年 12 月第 1 版　2022 年 12 月第 1 次印刷

ISBN 978-7-5327-8941-2/I·5543
定价：78.00 元